G. Hoffmann

Von Nah und Fern

G. Hoffmann

Von Nah und Fern

ISBN/EAN: 9783744626132

Hergestellt in Europa, USA, Kanada, Australien, Japan

Cover: Foto ©Andreas Hilbeck / pixelio.de

Weitere Bücher finden Sie auf **www.hansebooks.com**

Von
Nah und Fern.

Originalbeiträge
deutscher Dichter und Schriftsteller

herausgegeben

von

G. HOFFMANN.

DRESDEN.

Eigenthum und Verlag des Wohlthätigkeitsvereines
„Sächsische Fechtschule"

1885.

Vorwort.

Reiche Gaben der Liebe, von Ost und West, von Süd und Nord eingegangen, finden sich auf diesen Blättern vereinigt. — Den freundlichen Gebern sei herzlichster Dank!

Von der alphabetischen Einreihung kürzerer Albuminschriften wurde abgesehen; sie finden sich als „Gedenkblätter" am Ende des Buches.

Möge denn das Büchlein hinausgehen, sich zahlreiche Freunde, dem guten Zwecke Förderer erwerben!

G. H.

Fechtbrüder werden mancherlei gefunden.
Die einen mit der Waffe schlagen Wunden.
Die andern heischen umzieh'nd milde Gaben.
Sich auf der Wanderschaft daran zu laben.
Die Fechter hier jedoch — o lasst euch sagen! —
Sie wollen Keinem eine Wunde schlagen.
Nein. die das Schicksal schlug. die Wunden heilen.
Drum säumt nicht. euer Scherflein mitzuteilen.
Nicht für sich selber heischen sie die Spenden;
Dem Elend gilt's! Drum gebt mit vollen Händen.

Altstrelitz. 3. Juni 1884.   Dan. Sanders.

Wahlsprüche.

I.

Was du für recht hältst. sei es. was es sei.
Dran glaube ruhig und bekenn es frei;
Was du für recht erkannt das übe gern.
Weil's recht dir ist: nicht weil's gefällt dem Herrn:
Denk nie. dass Etwas dir dafür beschieden,
Und hab genug an deinem eignen Frieden.

II.

Wer fromm das heilge Dogma glaubt,
Sei glücklich, dass er's glauben kann:
Wer kraftvoll sich davon befreit,
Sei glücklich, dass er brach den Bann.
Und zwiefach glücklich, Jeder sei's,
Dass er den Andern glücklich weiss.

Rechtenfleth, 2. August 1883.   **H. Allmers**

Die beiden Weltanschauungen des thränen-
quetschenden, quietistischen Pessimismus und des banalen,
„ruchlosen" Optimismus werden einst ihre Auflösung finden
in der Weltanschauung des Humors — nicht des kalauernden
Humors semitischer Börsenwitzboldigkeit und indoger-
manischer Wortspielerei, sondern des echten, philoso-
phischen Humors, der an offenen Gräbern zu lächeln
und an der weinseligen Hochzeitstafel Thränen zu ver-
giessen weiss. Freilich wird solche Weltanschauung
niemals Gemeingut der Menge werden, auch dem
buchstabengläubigen, kritiklosen und lieblos eifernden
Christen wird sie unbekannt und unerreichbar bleiben;
dem denkenden, duldsamen und friedfertigen Jünger
Jesu Christi wird sie aber Kopf und Herz erfüllen und
den Weg erleichtern durch das Rätsel des irdischen
Daseins. —

Auf dem Kulm des Brocken
am 13. September 1883.   **Gerhard von Amyntor.**

Der Einzug des Frühlings.

Wo hohe Pinien ihre Kronen wiegen
Und ew'ge Blumenpracht die Erde schmückt,
Voll goldner Früchte sich die Zweige biegen,
Das schönste Lenzesweben dich entzückt,
Wo hier der Myrthe stille Schatten winken,
Um Marmor-Trümmer dort der Lorbeer rauscht,
Wo freundlicher des Südens Sterne blinken,
Der braune Hirte an der Quelle lauscht,
Wo mit der Ernte Last durch blaue Wogen
Nach fernen Häfen steuert der Pilot —
Von dort, o Freunde, komm ich hergezogen,
Zu scheuchen überall des Winters Noth.
Gelinde Lüfte ziehn vor meinen Wegen
In's weite Land; von meinem Hauch geweckt,
Wie tief sie auch im Winterschlaf gelegen,
Es regen sich die Keime süss erschreckt,
Mein Zauberstab erweicht der Erde Rinde,
Damit sie bald das Sonnenlicht erschau'n,
Es kleiden sich in frisches Grün die Gründe,
Die Berge, Felder, Wälder und die Au'n!
Des Reichen Park, des Bürgers Blumengarten,
Ich schmücke sie und segne jeden Ort;
Den Armen, die gar bange meiner harrten,
Stell ich ein Sträusschen auf das Fensterbort.
Mit Blumen schmückt der Bursch in Lenzestagen
Des Mädchens Haar in liebendem Bemüh'n,
Und wo an Gräbern die Verlass'nen klagen,
Ich tröste sie mit neuem Hoffnungsgrün!
So kehr' ich nicht allein den Fluren wieder,
Ich senke mich in jedes Wesens Brust,
Hört ihr der Waldessänger frohe Lieder?
Erschliesset drum das Herz der Frühlingslust!

* * *

Schaut hier die Schwestern rings um mich im Kreise,
Die sanften Blumen sind's und mein Beruf,
Dass ich sie pflege lieb und leise,
Die ich mit meinem Zauberstab erschuf.
Seht dort das Schwesterchen, das zarte, feine
Schneeglöckchen regt sich, wenn noch Alles ruht,
Und hier ist Crocus, neben ihm das kleine
Bescheid'ne Veilchen, duftig, wohlgemuth.
Es reicht der buntgeschmückten Tulipane
Das Maienglöckchen scheu die zarte Hand,
Des Kornes blauer Schmuck dort, die Cyane,
Ist Eures Kaisers Blume, wie bekannt.
Vergissmeinnicht mit treuen, frommen Blicken,
Der grünen Wiesen vielbesungne Zier,
Da ist es, doch zu doppeltem Entzücken
Blühn Hyazinthe und Levkoye hier.
Narcisse, Primel, Goldlack, Anemönchen,
Die würzge Nelke und die Marguerite,
Hier Leberblümchen, dort das Tausendschönchen!
Wo hoch jedoch und rein die Lilie blüht,
Schaut ihr als Krone meiner Schaffenstriebe.
Gar schwesterlich vereint, weiss, gelb und roth,
Der Rosen drei, das schönste Bild der Liebe.
Triumph des Lebens über Noth und Tod!
Noch viele andre blüh'n in meinem Garten
Und auf den Feldern zu des Lenzes Preis.
Doch ruft die Pflicht, denn andre Völker warten
Mit Sehnsucht meiner, nach des Winters Eis!

* * *

Die Zeit ist um, gen Norden steht mein Sinnen,
Erfreut euch dessen, was ich euch gewährt,
Ich scheide mit dem Wunsche jetzt von hinnen:
Gesegnet sei'st du, liebe deutsche Erd'!
O grüne fort, im Schatten deiner Eichen!
Nimm meine Blumen als des Friedens Zeichen!

Emmerich Andresen.

Am Grabe der Mutter.

Wie hast Du uns geliebt, für uns gelitten,
Und uns gehegt von Kindesbeinen an,
Wie heldenhaft hast Du für uns gestritten,
Uns fest geleitet auf der rechten Bahn!

Und wenn die Welt an uns vorübereilte,
Kaum Jemand nach den Frühverlassnen frug. —
Du liebtest uns; an Deinem Busen heilte
Die schwerste Wunde, die das Leben schlug.

Ob nahe Dir, ob fern in fremden Landen,
Auf stein'gem Pfad zu des Erfolges Glanz. —
Du sahst das Ziel, Du hast uns ganz verstanden
Und treu gestärkt im Ringen nach dem Kranz.

Ach, dass die Fäden, die zu uns sich spannen,
Aus Deinem Herzen, jetzt in Nacht gehüllt!
Zu früh, zu plötzlich schiedest Du von dannen,
Zu spärlich war des Dankes Mass gefüllt!

O schwerer Tag! Mit Deiner ird'schen Hülle
Versank vor unsern Blicken wohl die Welt.
Wie arm erschien uns des Erstrebten Fülle,
Nur reich durch Dich, durch Deine Lieb' erhellt.

Doch, liebe Mutter, wir sind inne worden,
Du bliebst auch bei uns nach vollbrachtem Lauf.
Des Schmerzes Dissonanz löst in Accorden
Das treue Angedenken an Dich auf.

Wir sehen Dich in Kampf, Geduld und Liebe
Voran uns leuchten, wie ein wackrer Held,
Und wenn von dem Errungnen nichts uns bliebe,
Die Kette bleibt, die uns zusammenhält!

Zerfällt in Staub darum ihr theuren Züge.
Du liebevolles, jetzt so stilles Herz!
Wir sind getrost, was auch das Schicksal füge,
Wir bleiben eins in Freude, Glück und Schmerz. —

Wir scheiden jetzt von Deines Grabes Hügel,
Das Angesicht dem Leben zugewandt;
Zu edlem Streben stärke unsre Flügel
Du treuer Gott, uns halte Deine Hand!

Emmerich Andresen.

Es giebt kein so siegreiches Schwert, als des Menschen fester Entschluss; kein schützenderes Schild als die Freundschaft; kein so hochweisendes Panier als der Glaube und keine so milde Samariterin, die im Kampf des Lebens geschlagenen Wunden zu verbinden und zu heilen, als die Liebe.

Adelheid von Auer.

Frauenschönheit.

Frauenschönheit, letzter Schöpfungslaut,
Du erstes Jauchzen aus des Mannes Munde,
Als staunend er Dein holdes Bild geschaut
In jener hehren, gottgeweihten Stunde,
Da Du erröthend wurdest seine Braut,
Sein kühnes Auge flammte Eurem Bunde,
Und selbst des Paradieses Strahlenwonne
Zum Schatten ward am Lichte Deiner Sonne!

Wen hätten Deine Locken nie gebunden?
Wen Deiner Hoheit Stirne nie entzückt?
Wer hätte Deinen Purpurmund gefunden,
Und nie der Liebe Siegel drauf gedrückt?
Wen hätte nie, von Deinem Arm umwunden,
Der Schultern Alabasterform beglückt?
Wer hätte nie, in Andacht ganz vergessen,
Zu Füssen, Schönheit, betend Dir gesessen?

Lallemand, Dr. med.

Bei der Drehorgel.

Horch! Pfeifende Klänge!
Was riefe geschwinder
In buntem Gedränge
Zusammen die Kinder?

Die lumpenumhüllten
Nachkommen der Armen.
Die oft uns erfüllten
Mit stillem Erbarmen.

Da eilen sie lärmend
Die Strasse herunter,
Den Orgler umschwärmend
Geschäftig und munter.

Seht an, wie die blassen
Geschmeidigen Dinger
Die Schürzchen erfassen
Mit zierlichem Finger.

Wie gut sie verstehen
Im Takte der Weise
Sich flüchtig zu drehen
Im walzenden Kreise.

Die Aermchen jetzt stemmend
Kokett in die Seite,
Die Schritte jetzt hemmend,
Jetzt fliegend in's Weite!

Sie tragen manierlich
Die ärmlichen Fetzen,
Sie wissen gar zierlich
Die Füsschen zu setzen.

Die Augen erprangen
So freudig wie nimmer,
Es tritt auf die Wangen
Ein flüchtiger Schimmer.

So tanzen sie, schweifen
Herauf und hernieder; —
Ihr singenden Pfeifen,
Tönt wieder und wieder!

Otto Baisch.

Einmal noch.

Einmal noch, und sei's für immer,
Herbstlich milder Sonnenstrahl,
Streue deinen bunten Schimmer
Ueber unser stilles Thal.

Künde jedem Menschenherzen,
Hoffnungsarm und gramverzehrt.
Dass nach Wintersturm und Schmerzen
Neu der Frühling wiederkehrt!

Wo nach ihrem nächsten Glücke
Glühn zwei Herzen liebeswund.
Führe sie auf goldner Brücke
Aug in Auge, Mund an Mund.

Und dem frohen Zecher sinke
In den Becher tief hinein.
Dass er jauchzend leer ihn trinke, —
Neuer Tag bringt neuen Wein.

Fasse jeden so im Innern.
Dass zu fragen er vergisst.
Ob es Hoffen, ob's Erinnern.
Kommen oder Scheiden ist!

Augsburg, 23. September 1883.   **Ludwig Bauer.**

Nationalliteratur.

Schon geraume Zeit besteht der Ausdruck „Nationalliteratur" als fester und allgemein üblicher Terminus der Literaturwissenschaft. Ueber seine Bedeutung handelt am ausführlichsten und treffendsten August Koberstein in der dritten und in der vierten Ausgabe seines „Grundrisses der Geschichte der deutschen National-Litteratur", nachdem er in den beiden ersten Ausgaben kürzere Andeutungen gegeben hatte.

Koberstein war nicht der erste, der jenen Ausdruck in einem Titel verwandte. Es geschah schon vor 1827 von Ludwig Wachler bereits im Jahre 1818 in seinen „Vorlesungen über die Geschichte der teutschen Nationallitteratur". Seitdem ist neben den überaus mannigfachen Benennungen unserer Literaturgeschichte — deutsche Literaturgeschichte, Geschichte der deutschen Literatur, der deutschen Dichtung, der deutschen Dichtkunst, der deutschen Poesie, der poetischen Literatur, der schönen Literatur u. s. w. — auch „Nationalliteratur" so häufig gewählt worden, dass man wohl sagen kann, der Ausdruck erfreue sich der Bevorzugung.

Auf Koberstein folgte Gervinus 1835 mit seiner „Geschichte der poetischen National-Litteratur der Deutschen". Später änderte er den Titel um in: „Geschichte der deutschen Dichtung". Das klingt allerdings besser; „poetische National-Litteratur" ist schleppend, und die Verbindung von poetisch und national bringt eigentlich des Guten zu viel. Auch Vilmar wählte für seine berühmten Vorlesungen den Ausdruck „Nationalliteratur" (1845). Und so finden wir denselben in der Folgezeit noch in einer ganzen Reihe literaturgeschichtlicher Darstellungen gelehrter, populärer und praktisch-pädagogischer Gattung angewandt, wie z. B. in den Büchern von Biese (1846), Zimmermann (1846), Buchner (1852), Wernick (1856), Scinecke (1866), Kluge (1869). Namentlich des Letzteren Werk, dass sich einer ungewöhnlich günstigen Aufnahme erfreute und in vielen Tausenden von Exemplaren verbreitet ist, hat den Ausdruck „Nationalliteratur" in die weitesten Kreise getragen.

Ausser in Literaturgeschichten ist der Terminus auch in literaturgeschichtlichen Sammelwerken zur Anwendung gelangt. Die bekannte Basse'sche Sammlung führt den Titel: „Bibliothek der gesammten deutschen National-Literatur", und das neueste umfassende Sammelwerk hat der Herausgeber Joseph Kürschner kurz und schlagend „Deutsche National-Litteratur" genannt.

Fragen wir nun: wer hat den Terminus eingeführt, wann finden wir ihn zuerst gebraucht? so giebt uns die Bibliographie Aufschluss. Wenn in den Conversations-Lexicis von Brockhaus und von Meyer gelehrt wird, der Ausdruck „Nationalliteratur" sei durch Wachler in Umlauf gekommen, so kann das nur in soweit als richtig gelten, als „in Umlauf kommen" etwas anderes ist als einführen, aufbringen und erfinden. Wachler hat allerdings den Ausdruck, wie wir bereits angegeben haben, zuerst im Titel einer Literaturgeschichte gebraucht und ihm dadurch allgemeine Geltung gewonnen. Aber wir finden schon weit früher einen Titel mit diesem Ausdruck. Leonhard Meister, ein um die Geschichte der deutschen Sprache und Literatur vielfach verdienter Mann, gab nämlich im Jahre 1777 „Beyträge zur Geschichte der teutschen Sprache und National-Litteratur" heraus (2 Bände, London), zuerst anonym, später mit seinem Namen (Heidelberg 1780).

Weiter zurück können wir den Ausdruck literarisch nicht verfolgen.

Dass er aber doch schon bekannt und üblich war, scheint daraus geschlossen werden zu dürfen, dass der Herausgeber der Beiträge ihn gar nicht näher bespricht und erläutert, wenigstens nicht direct. Er setzt ihn voraus. Aber auch der Leser, dem „Nationalliteratur" bei Meister zum erstenmal entgegengetreten sein sollte, würde nicht in Zweifel gewesen sein, was er darunter zu verstehen habe, denn Meister stellt in den Auseinandersetzungen der Vorrede unsre heimische Sprache und Literatur der gelehrten lateinischen gegenüber. Er weist auf die Wirkungen des „Nationalgeistes hin, und mit diesem nicht misszuverstehenden Worte wird auch das andere deutlich.

Es wird nun die Aufgabe sein, in den literargeschichtlichen, vielleicht auch in den grammatischen Schriften jener Zeit den Ausdruck „Nationalliteratur" ausfindig zu machen. Möglicherweise erscheint er auch in den Briefwechseln der Gelehrten, die sich damals um die Erforschung der deutschen Poesie bemüht haben.

Rostock. Pfingsten 1881.   **Reinhold Bechstein.**

Das Liebesfrühlingshaus.

Sei Haus gegrüsst mir, reich an Liebesjahren,
    In welchem einst der Liebe Sänger thronte,
    Und das der Zeiten Grimm bis heut' verschonte,
Weil dich Apoll beschirmt und deine Laren.

Du trägst dess Bild, um den sich Edle scharen,
    Dess Frühlingsblum' in deinen Räumen wohnte,
    Und der mit seinem Nachruf dich belohnte:
Das Rückertantlitz, das wir gern gewahren.

O möge fürder, seinem Geist verbunden,
    Mein Volk in seine Herzensflut sich tauchen,
Und feiern ihn in gut- und bösen Stunden;

Dass es erkenne, welchen Segen hauchen
    Die Lieder Freimund's tief und wahr empfunden
Voll Gluten, die uns nimmermehr verrauchen.

Stuttgart.   Dr. C. Beyer.

Nichts Vollendeteres könnte es geben, als eine
Nation, in welcher jeder Gebildete seinen Vers ebenso
zu bilden verstünde, wie seinen Prosaaufsatz; dann
würde das Dilettantische nur geringe Verbreitung finden;
dann würden die wirklich bedeutenden Dichter, getragen
von der höheren ästhetischen Mittelbildung der Nation,
in Wahrheit Leitsterne des Jahrhunderts sein.

Stuttgart.   Dr. C. Beyer.

I.

Nur nicht gleich klagen und gar verzagen
In trüben Stunden, in schweren Tagen!
Wie bitter auch dein Kelch sich trinkt —
Das, was dich unerträglich dünkt,
Hat schon ein Mensch vor dir ertragen.

II.

Prüfe, was dir nützt und schadet
Mit der Vorsicht Zünglein klug:
Viel ist's, das zu Gaste ladet,
Und des Nützlichen genug.

Frisch dem Glück die Brust geweitet;
Nur die Thorheit spinnt sich ein:
Dem, der klug die Welt durchschreitet,
Ist nicht leid, ein Mensch zu sein.

Victor Blüthgen.

Mancher wurde durch ein Leid
Auf den Tod getroffen: —
Geb' dir Gott, jetzt — alle Zeit:
Lieb', Vertrau'n und Hoffen.

Gestern in des Waldes Grund
Sah' das Wild ich stehen;
Heute muss ich's — todeswund
Hier am Wege sehen.

Aber während mir vom Aug'
Still die Thränen fliessen,
Spricht der Jäger: Wetter auch!
Nein so schlecht zu schiessen!

Raschen Griffs fasst er's, voll Leid,
Waidrecht abzufangen;
Sieht nicht, wie vorbei die Maid
Lautlos ist gegangen.

Nicht das Wild, seufzt sie voll Schmerz,
Krankhaft, soll verderben —
Mich traf, lang her, er in's Herz —
Könnt' auch ich — so sterben!

Joachimsthal, 4. August 1883.   F. Brunold.

Muth.

Willst du schon so bald verzagen?
Schlägt dir doch das Herz noch jung!
Musst du rühren dich und plagen, —
Sei nur froh: du hast genung!

Sieh' die Tanne, deren breiter
Schatten dir die Stirne kühlt,
Machtlos hat in ihrer Krone
Der Gewittersturm gewühlt.

Felsen sind's und dürrer Boden,
Wo sie kaum die Wurzeln schlug:
Und hat doch den Weg gefunden,
Der sie in die Lüfte trug!

                                    Heinr. Bulthaupt.

Abschied.

(Ein Albumblatt.)

So wär's denn wahr? — so sollten dies,
Mein Lieb, die letzten Rosen sein. —
Die letzten Freudenblumen dies? —
Du gehst und lässt den Freund allein? —

Horch, hinter grünen Stäben singt
Frau Amsel dort ein Klagelied,
Das trüb wie Herbst und Abschied klingt
Und schmerzlich durch die Seele zieht.

Von einer Waldfee singt sie leis
Und auch von einem bleichen Mann,
Den die in ihrem Zauberkreis
Mit süssem Liebesweh umspann.

Ein Märchen war's, Frau Amsel, nur,
Das uns gebracht solch Herzeleid:
Vergiss es, Kind, auf fremder Flur.
Vergiss den Traum voll Seligkeit.

Fahr wohl! — fahr wohl, du schöne Frau!
Auf meinen Lippen brennt dein Kuss,
Und in der Seele lächelt blau
Dein Augenpaar wie Engelsgruss.

Cöthen, im Herzogthum Anhalt.   Rudolf Bunge.

Das eigentliche Wesen aller naturwissenschaft-
lichen Forschungen liegt in der Unabhängigkeit vom
Autoritätsglauben: sie bilden den wahren Gegensatz des
bloss dogmatischen Wissens, die Opposition gegen die
Offenbarung. Hierauf gründet sich der Hass des Dog-
matismus gegen den wissenschaftlichen Empirismus:
jener stellt willkürliche Satzungen auf, wofür dieser
ihnen das Substrat nimmt, indem er lehrt, dass der
letzte Grund aller Erscheinungen in der Natur die nur
das Mögliche gestattende und es hervorbringende Noth-
wendigkeit ist. Auch der Mensch steht unter diesem
Gesetz als oberster Bedingung seines Wesens.

Buenos-Aires, den 7. Nov. 1883.   **H. Burmeister.**

Nachruf
an mein Vögelein.

So bist Du vergangen, mein Vöglein klein
Und liessest mich ganz allein;
Es schien wie die Sonne Dein fröhlich Lied
Hinein in mein einsam Gemüth:
Dein Lied ist stumm, Dein Haus ist leer,
Ich höre Dich nimmermehr.

Wie die Blumen verwelken, so schliefest Du ein,
Mein singendes Blümelein;
Dein Aeuglein, das treulich nach mir geblickt,
Hab' ich Dir nicht zugedrückt;
Dein Lied ist stumm, Dein Haus ist leer,
Ich höre Dich nimmermehr.

Wo Himmel ist, müssen auch Lieder sein,
Flieg dahin. mein Vögelein:
Dort singe. wo keine Seele mehr trüb.
Und grüsse mein herzig Lieb.
Sing oben im leuchtenden Gottesheer:
Hier hör' ich Dich nimmermehr.

Berlin. 26. Sept. 1883.   Dr. Paulus Cassel.

Auf der Höhe.

Wie ist es doch auf Bergeshöh'n
So frei und still, so licht und schön!
Zu deinen Füssen liegt die Welt; —
Dort unten dehnt sich weit das Land.
Hoch über dir ist ausgespannt
Des Himmels blaues Zelt!

Macht dir das Leben Not und Qual. —
Entfliehe nur dem engen Thal.
Zur lichten Höhe steig empor.
Dort bist du frei. die Sorge schweigt.
Das Herz auf leichten Schwingen steigt
Zum hohen Himmelschor!

Schlitz, 6. Oct. 1883.   G. C. Dieffenbach.

Die Irrlichter.

Unheimliches Dunkel umlagert die Wiesen.
Graubärtige Nebel erstehn und zerfliessen.
Und dort auf dem Sumpf und über dem Moor
Da züngeln grünschillernde Flämmchen empor.

Sie tanzen den Reigen am Grunde, dem feuchten.
Bald hier und bald dort im Ring sie sich scheuchten,
Verlöschend, entflammend, bald rasch und bald sacht;
So wirbeln die winzigen Söhne der Nacht.

Bei nächtlichem Sturme, dem grausigen, wilden.
Gewahrt man ein Heer oft von dunkeln Gebilden.
Halb Schatten, halb mehr, so fährt's durch die Luft,
Es heulet die Meute, das Jägerhorn ruft.

Die Bäume, sie zittern und splittern und krachen.
Und hoch über ihnen gellt furchtbares Lachen.
Gestalten und Fratzen, stets mehr und stets mehr — —
Weh, weh, hier ziehet das wüthende Heer!

Die Flämmchen am Moore, der Fäulnisse Boten.
Jetzt eifriger, gieriger, glühender lohten.
Sie heben sich rasch von der Erde im Flug
Und folgen dem grausigen, schrecklichen Zug.

Umkreisen ihn schlängelnd im wildesten Tanze:
In rothem, in grünem, in aschfahlem Glanze:
Wie Wetterleuchten bei des Himmels Zorn.
So rasen die Tollen bald neben, bald vorn.

Da tönt in der Ferne die Mitternachtstunde.
Die rufet ein Halt dem gespenstigen Bunde.
In Dunst und in Nebel zerfliesst er verstört.
Man hat nur ein grässlich Geheul noch gehört.

Die Wolken verschlingen Gebilde und Fratzen.
Die Jäger, die Hunde, die riesigen Katzen.
Und als sich der Mond an den Himmel noch hängt,
Da sind auch die letzten Gestalten verdrängt.

Die Flämmchen, -- der Irrwisch mit seinen Geschwistern,
Sie kehren zurück zu dem Walde, dem düstern.
Und wenn wohlwollend ein Wandrer sich naht,
Dem zeigen sie gerne den richtigen Pfad.

Nur schlimme Gesellen, die wollen sie necken.
Krummgehende Trinker bestrafen und schrecken:
Die führen sie dann in den Sumpf und das Moor — —
Der gütige Himmel behüt uns davor!

Durlach, im Juni 1884.   Ludwig Dill.

Die Heide so still, die Heide so weit.

Die Heide so still, die Heide so weit —
So weit und still mein Herz.
Versandet, bemoost wie das Hünengrab
Der alte Jugendschmerz.

Doch der trotzige Geist, der die Streitaxt schwang,
Die hier verscharrt mit dem Streiter.
Er schreitet, ich fühl' es in tiefster Brust,
Noch über die Heide weiter!

                                                    E. von Dinklage.

Die klagende Rose.

Dort am Fenster eine Rose, die der Reiz des Purpurs
    schmückt,
Steht in einem Glase Wasser, längst vom Strauche ab-
    gepflückt.

Leise klagt die arme Blume: Schönheit ward mir wohl
    zu Theil;
Doch gereichte mir des Himmels edle Gabe nicht zum
    Heil.

Kaum dass aus der Knospenhülle ich zum Sonnenlicht
    erwacht,
Haben schon die tollen Menschen mir das Leben schwer
    gemacht.

Kam ein junger feiner Stutzer, trällerte vor sich ein
    Lied;
Sah verächtlich auf mich nieder, zwinkernd mit dem
    Augenlid:

„Rose, wohl als schönste Blume strahlst du in der
    Schwestern Kranz;
Aber naht sich meine Liebste, wie verschwindet all'
    dein Glanz!"

Tief den Hut in seiner Stirne, murmelnd in den kargen
    Bart,
Kam darauf ein junges Bürschlein, seufzte, da er mich
    gewahrt:

„Tückisch, tückisch seid ihr Rosen: Trug ist eures
    Purpur's Roth;
Es verbirgt nur grimme Dornen, sie verwunden auf
    den Tod."

Kaum dass mich der gute Junge arg geschmäht in seinem
    Wahn.
Uebellaunisch, hypochondrisch, fuhr ein ernster Mann
    mich an:

„Wie so bald, ihr eitlen Rosen, seid ihr doch des Todes
    Raub!
Heute noch voll Glanz und Leben, morgen Asche schon
    und Staub."

All' das Zeug nun musst' ich hören; doch das Aergste
    kam noch nach:
Mich erspähte ein Philister, und vergnügten Sinn's er
    sprach:

„Brechen will ich dieses Röslein, Kind des Frühlings
    und des Lichts;
Und ich bring' es meiner Alten; s' freut sie und mich
    kostet's nichts."

Lächelnd brach mich dann der Frevler, und die Dame
    ward beschenkt;
Ihre Hand hat mich behutsam in das enge Glas gesenkt.

Fleissig weidet ihre Nase sich an meiner Blätter
    Duft;
Während ich vor Leid vergehe in des Zimmers dumpfer
    Luft.

Trauernd denk' ich jener Tage, da ich stand auf freier
    Flur;
Wo mir hohe Wonne lachte in dem Athem der Natur.

Aus dem Garten tönen Lieder fern zu mir im Wieder-
    hall;
Auf des Baumes hohem Gipfel singt die süsse Nachtigall:

„Wo denn weilst du. Lust und Leben. Rose. Liebling
    meiner Brust?
Willst du nimmer wiederkehren? Meine Sehnsucht!
    Meine Lust!"

Edmund Dorer.

Excelsior.

(Nach Longfellow.)

Die Nacht lag auf den Alpen schwer.
Da zog ein Jüngling noch umher.
Ein Banner tragend weit durch's Land.
Auf dem der fremde Wahlspruch stand:
    Excelsior!

Das Antlitz bleich. das Auge klar.
Der Blick ein Strahl. und wunderbar
Die Stimme. hell wie Schwerterklang.
Und süss melodisch. wenn er sang:
    Excelsior!

Rings aus den stillen Hütten bricht
Wie trauter Gruss des Herdes Licht.
Die Gletscher drohn. Gespenstern gleich.
Er aber lispelt. warm und weich:
    Excelsior!

Ein alter Dörfner warnt: „O lass'
Dein nutzlos Müh'n. geh' nicht fürbass.
Ein grauser Schneesturm fliegt herbei."
Der Jüngling ruft: die Bahn ist frei:
    Excelsior!

Ein Mädchen fleht: „O halte Rast.
Sei meiner Heimath lieber Gast:"
Des Jünglings Wimpern sind bethaut.
Doch unbezwungen singt er laut:
    Excelsior!

„Entfleuche dem Lawinenball.
Der Föhren Droh'n, der Wasser Schwall!"
Das ist des Alten letztes Wort:
Hoch in den Bergen tönt es fort:
    Excelsior!

Und als es wieder Morgen war.
Drang zu der frommen Brüderschaar
Sanct Bernhard's, wie aus tiefer Gruft.
Der Seufzer durch die Winterluft:
    Excelsior!

Den Wandersmann, ach, welchen Fund!
Grub aus dem Schnee der Klosterhund.
Noch fest umklammert hielt die Hand
Das Banner, drauf der Wahlspruch stand:
    Excelsior!

Da lag die herrliche Gestalt.
Erstarrten Herzens, todeskalt.
Vom Himmel fiel ein Meteor.
Und es erklang wie Engelchor:
    Excelsior!

Rio de Janeiro, September 1883.   **Dranmor.**

Es steht etwas über unseren schaffensfreudigen
Gedanken, das feiner und schärfer ist als sie. Es sieht
ihrem Entstehen zu, es überwacht, ordnet und zügelt
sie, es mildert ihnen oft die Farben, wenn sie Bilder
weben, und hält sie am knappsten, wenn sie Schlüsse
ziehen. Seine Ausbildung hängt von der unserer edelsten
Fähigkeiten ab. Es ist nicht selbst schöpferisch, aber
wo es fehlt, kann nichts dauerndes entstehen; es ist
eine moralische Kraft, ohne die unsere geistige nur
Schemen hervorbringt; es ist das Talent der Talente,
ihr Halt, ihr Auge, ihr Richter, es ist — das künst-
lerische Gewissen.

Marie Ebner.

Nur Eins erwägt zu jeder Frist:
Dass jegliche Grösse menschlich ist,
Und dass nach ewigem Schicksalsschluss
Der Mensch das Höchste erkämpfen muss.
Strebt rastlos nach der Vollendung Preis:
Des Genius Bruder ist der Fleiss.
Das Grösste, was die Götter leih'n,
Glückt nur den Beiden im Verein.
Oft hat, von frühem Sieg bethört,
Der Genius diesen Ruf misshört;
Oft ist, von eitlem Stolze trunken,
Der Heros in den Staub gesunken.

Aus „Murillo."

Leipzig, 31. Juli 1883.　　　　　　　　　Ernst Eckstein.

Rheinbild.

Tiefblau ist der Himmel! es woget der Rhein,
Gebadet im funkelnden Sonnenschein, —
Im knospenden Grün stehn die Berge am Rand,
Es duftet der Frühling so wonnig durch's Land
  Am Rhein! —

Die Burgen rings stehen mit moos'gem Gestein,
Und schauen hinab in den spiegelnden Rhein,
Sie schlingen um's Haupt sich den blühenden Kranz
Von Zweigen und Ranken, als ging es zum Tanz —
  Am Rhein! —

Der Knabe nimmt's staubige Horn von der Wand
Und steigt auf die Berge und schwingt's in der Hand,
Laut schmettert den Gruss er aus schwellender Brust,
Den Gruss der glückseligsten Frühlingslust —
  Am Rhein! —

„Willkommen hierdroben, o Maienzeit du!“
Jauchzt leuchtenden Blick's ihm die Winzerin zu.
Schnell löst sie das Fürtuch und weht's durch die Luft,
Durch sonnige Strahlen und Veilchenduft —
  Am Rhein! —

Ein Nachen allein nur zog still durch das Rund,
Drinn küsstest du leise und traut meinen Mund, —
Du sagtest kein Wort mir, — doch hat dir gelacht
Im Auge die sonnigste, wonnigste Pracht
  Am Rhein!

Nataly von Eschstruth.

Am Strande.

I.

Das Meer ist eingeschlafen,
Der Himmel deckt es zu.
Bleigrau — und träg gedehnet
Liegt es in tiefer Ruh. —

Es träumt wohl schwere Träume,
Die Tiefe kocht und grollt,
Und seufzend kommt die Woge
Zum bleichen Strand gerollt.

Die weitgestreckte Düne
Erglänzt im Mondenlicht,
Gleichwie ein sehnsuchtsvolles
Todtrauriges Gesicht. —

Wie viele hundert Jahre
Umsprüht sie schon der Schaum? —
— Sie starrt herab zum Meere
Und hütet seinen Traum. —

II.

Es flimmert bunt der Dünensand,
Fernhin dehnt sich das Meer,
Und spielt mit Silberwellenschaum
Um meine Füsse her. —

Es winkt mir, und erzählet
Von kühler Meerespracht,
Von Perlen und Korallen
Und der versunknen Jacht.

„Und dort, an tück'scher Klippe.
Um die das Wasser schäumt, —
Da liegt ein bleicher Schläfer,
Der sehnend von dir träumt . . —

Nataly von Eschstruth.

Nur wer den starken Drang in sich fühlt, seinen
Nebenmenschen zu helfen, sollte die Heilkunst zu
seinem Berufe erwählen. Zum Studium der Heil-
wissenschaft genügt der Drang nach Wahrheit.

Kiel. 10. Mai 1884.   Friedrich Esmarch.

Der Schmerz.

In des Lebens tiefstem Jammer
   Keimt des Lebens höchstes Glück:
Den der Schmerz gestählt, der Hammer
   Meisselt aus das Meisterstück.
Wohllautswäger, Silbenmesser,
   Bändiger von Stein und Erz —
Lieder aus der Seele-Presser,
   Weltbefreier ist der Schmerz.

K. B. H. Esmarch.

Probatum est.

Auf Neides Fiedel geigen,
　Das thut kein kluger Mann:
Viel besser, wenn er schweigen
　Den Feind zu Tode kann.

Zweideut'gen Lobes Spenden,
　Wer die im Vorrath hat
Mag immer sie versenden, —
　Das Mittel ist probat.

Doch Uebermaass im Preise
　Zur Todesqual des Ohrs, —
Das ist die Fechter-Weise
　Des echten Matadors.

K. B. H. Esmarch.

Nachjagen Deine Thaten
Lass nicht dem Ruhme:
Ihn lass, dass er sie fei're.
Ihn selbst sie suchen;

Denn wahrlich, wahrlich,
Wer um den Beifall bettelt,
Erntet Verachtung!

Cöln.　　　　　Johann Fastenrath.

Ich habe nie recht begreifen können, dass man so ohne Weiteres die Liederlichkeit, die Unnoblesse der Künstler entschuldigt.

Denn, wenn auch zugegeben werden muss, dass namentlich dem schaffenden Künstler (angenommen: er ist das in Wahrheit) es nie so ganz möglich sein wird, **in** den ausgetretenen Fusstapfen des Philisters zu **wandeln**, so hat aber auch auf der **andern** Seite jeder gebildete Mensch die Berechtigung, zu verlangen, dass gerade das Leben des Künstlers sich als ein Abglanz der idealen Welt, in der er ja lebt, darstelle.

Dresden, 12. August 1882.   **C. Aug. Fischer.**

Der Sonne.

Röthlich am Hügel
Bist du erwacht,
Röthlich am andern
Bist du entschlummert;
Aber unendlich
Feuer hast du,
Unendlich Leben
Seit dem Erwachen
Einer Welt entzündet.

Wie göttlich einzig,
Zu solcher Thatlust
Aufzustehen,
Nach solcher Thatlust
Hinzusinken,
Du Heldin Sonne!

Stuttgart.   **J. G. Fischer.**

Eros.

Ein Marmorbildnis aus antiker Zeit,
Mir rätselhaft in frühen Knabenjahren,
Steigt wieder auf . . . . Ein Mädchen, blond von Haaren,
War damals es zu deuten mir bereit.

Sie lächelte, sie blickte so gescheidt
Und sprach: „Gott möge dich vor dem bewahren!
Gar wetterwendisch oft ist sein Gebaren,
Leicht schafft sein Pfeil dir Gram und Herzeleid.“

Ich glaubt' ihr nicht. „Er schaut so freundlich drein,
Als wär' mit ihm der Welt die Lust geboren.
Solch goldne Pfeile schaffen keine Pein!“

Nach Jahren lehnt' ich an dem Bild allein . . . .
Ein müder Mann, für Glück und Lust verloren —
Und eine Thräne rollte auf den Stein.

Hermann Friedrichs.

Ideal anstatt Illusion.

Es lässt sich öfter die Klage vernehmen, dass durch die moderne Wissenschaft und Aufklärung die Menschen und Völker keineswegs beglückter und zufriedener werden, wenn auch ihre äusserliche Lage vielfache Verbesserung erfahren habe. Dies habe darin seinen Grund, dass durch die Wissenschaften die altüberkommenen beglückenden und in Drangsalen aufrecht erhaltenden Ueberzeugungen über Grund und Ziel des Menschendaseins teils erschüttert, teils geradezu

zerstört werden und dadurch innere Leere und Haltungs-
losigkeit der Seele entstehe. Es scheint demnach in
allem Ernste Schillers Wort in dieser Beziehung sich
zu bewahrheiten:

„Nur der Irrthum ist das Leben.
Und das Wissen ist der Tod.“

In der That wirkt die Wissenschaft altüberkommenen
und gewohnten Weltauffassungen gegenüber durch ihre
auflösende und kritische Methode erschütternd und zer-
störend und muss eine geistige Oede zurücklassen,
wenn an Stelle des als Irrthum, Wahn und Illusion
Erkannten nicht Anderes d. h. Besseres und Wahres
gesetzt wird. Naturwissenschaft und Kritik aber vermögen
dies nicht. Die Naturwissenschaft analysirt, löst auf,
um zu erkennen, sie hat es mit den Bestandteilen
und Bewegungen äusserlicher Art zu thun, sie erfasst
das Todte, an das Leben kommt sie nicht heran, um
es zu erfassen. Die Kritik hinwiderum im geistigen
Gebiete erschüttert oder zerstört geradezu die alten
Ueberzeugungen, aber sie kann nicht neue schaffen,
sondern höchstens die bestehenden bis zu einem gewissen
Grade reinigen. Gleichwohl ist die Naturwissenschaft
ebenso wie die Kritik ganz im Rechte; denn jene kann
ohne Analyse die Elemente, Kräfte und Gesetze der
Natur nicht erkennen, diese ist nothwendig, wenn die
Menschheit nicht für immer in den Fesseln von Irrthum,
Wahnvorstellungen und Illusionen gefangen bleiben
soll. So nämlich ist der Gang der menschlichen Entwicklung, dass das geistige Leben ohne Täuschungen,
Illusionen, ohne Phantasiebildungen nicht beginnen
und fortschreiten, ohne Zerstörung, ohne forschende
Betrachtung und kritische Zersetung derselben nicht
sich erhöhn, reinigen und veredeln kann. Richte man
den Blick zurück in die fernste, früheste Vergangenheit
des Menschengeschlechts und ebenso über die Länder

und Völker des weiten Erdkreises. — allenthalben findet man. dass die Menschen und Völker von Wahnvorstellungen, Täuschungen. Illusionen erfüllt sind und daran wie an ihren theuersten Gütern festhalten. Ohne Wissenschaft und kritische Forschung würden Wahn und Täuschung verewigt werden.

Gleichwohl können die Menschen ohne höhere Ueberzeugungen. ohne Schauungen oder Bildungen der Phantasie nicht leben. nicht sich beglückt fühlen; und wenn die früheren Gebilde dieser Art zerstört werden. so müssen neue edlere. wahrere an die Stelle treten. Wird dieser geistige Hunger nicht gestillt. so sind selbst die modernen Menschen bereit. sich Wahngebilden aller Art hinzugeben. Seltene religiöse Secten und Lehrmeinungen. Geisterglauben. spiritistische Hirngespinnste oder andererseits pessimistisches Kränkeln finden leichte Verbreitung. Es besteht also die Aufgabe. an die Stelle der Wahnvorstellungen und Illusionen edlere. wahre Gebilde der Phantasie zu setzen. und dies sind die Ideale des menschlichen Erkennens und Strebens. Diese zu bestimmen und womöglich zur Geltung zu bringen ist meines Erachtens eine der Hauptaufgaben der Philosophie. die lebendig sein, nicht in todten. unfruchtbaren Formeln bestehen soll.

München, im Mai 1884.   **Jakob Frohschammer.**

Frühlingsnacht.

Wo wir jüngst auf glattem Eise
Froh geschweift mit froher Schaar,
Zieht jetzt einsam seine Kreise
Träumerisch ein Schwanenpaar.

Die wie diamantbehangen
Jüngst geglänzt in Schnees Pracht,
Blühend alle Bäume prangen
In des Lenzes linder Nacht.

Tief geheimnissvolles Schweigen!
Kaum ein Lüftchen rauscht im Hain.
Kommt, ihr Elfen, schlingt den Reigen
Bei des Mondes Silberschein!

Glitzernd blinkt des Thaues Thräne,
Schatten brechen sich am Strand,
Geisterbleich erglänzt der Schwäne
Schlummerweiches Lichtgewand.

Und umweht von sel'gem Frieden
Spiegelt mir ein Traumgesicht:
Längst schon seien wir geschieden
Von der Sonne goldnem Licht.

Nur den Ort, wo uns im Leben
Reinstes Glück gespendet war,
Unsre Seelen noch umschweben
Als ein liebend Schwanenpaar.

Otto Franz Gensichen.

Im Grünen!

Der Knabe eilt aus dem dumpfen Gemach
Hin unter das glitzernde Blätterdach.
Vereint sich mit muntern Gespielen
Zu ringen nach scherzhaften Zielen
    Im Grünen!

Das Mädchen auch, gefesselt an's Haus.
Zur Arbeit holt es das Tischchen heraus.
Und freut sich der Blumen herzinnig
Und pflücket und ordnet sie sinnig
    Im Grünen!

Der Jüngling kommt nach der stürmenden Lust
Zur Ruhe des Waldes, sie stillet die Brust.
Das kühlende Laub von den Zweigen
Will sich auf den Schlummernden neigen
    Im Grünen!

Der Mann jagt mit fliegenden Rossen dahin.
Er hat nur Erwerb im gierigen Sinn.
Doch selbst in dem rasselnden Eilen
Die Blicke noch gerne verweilen
    Im Grünen!

Der Greis geht langsam mit stützendem Stab.
Er blickt in die Landschaft, in's Bächlein hinab.
Erinnerung kehret zurücke
Zum frohen, kindlichen Glücke
    Im Grünen!

Der Sterbende selbst, dem das Lager zur Qual,
Sich sehnet hinaus in das offene Thal.
Dort, wähnt er, noch einmal auf Erden
Kann er gesund wieder werden
    Im Grünen!

Ludwig Germonik.

Leb' wohl!

Weit in die Welt hinaus,
Fern von dem lieben Haus,
Wo mir die Zukunft winkt,
Dort muss ich hin!

Schweigend den Bach entlang
Gingen wir herzensbang,
Und an dem Brückensteg
Standen wir still.

Ach, wie die Welle zieht,
So auch die Stunde flieht — —
Dort schon die Glocke tönt
Liebchen, leb' wohl!

Dass ich vom fernen Meer
Fröhlich dann wiederkehr',
Wo hold die Meine harrt' —
Das gebe Gott!

Drum Liebchen klage nicht,
Klag' und verzage nicht,
Blick in die grosse Welt
Hoffend mit mir.

Ach, wie die Welle zieht,
So auch die Stunde flieht —
Mahnend die Glocke tönt,
Liebchen, leb' wohl!

Wien, 11. August 1884.   Ludwig Germonik.

Der alte Postillion.

Das ist der alte Postillion,
Der dort mit der rothen Nasen,
Der an die vierzig Jahre nun schon
Das Horn so trefflich geblasen.
Er blies es im Lenz und zur Sommerszeit,
Wenn bunt sich färbte des Herbstes Kleid,
Wenn fusshoch lag der Winterschnee —
Und die rothe Nase, o weh, o weh.
Ja, ja, die rothe Nasen,
Die hat er sich richtig erblasen.

Sechs Meilen hin, sechs Meilen her,
Durch sieben Dörfer gekommen —
„Frisch Schwager, sonst hält's mit dem Blasen schwer,
Einen wackern Trunk Euch genommen!"
„Schier dreissig Jahre bist du alt"
Wie hat's so hell über's Feld geschallt:
„Ihr blast wohl auch andere Stückchen, he?"
Und die rothe Nase, o weh, o weh.
Ja, ja, die rothe Nasen,
Die hat er sich richtig erblasen.

„Ein Silberstückchen, den besten Dank!
Versteht sich als Trinkgeld gegeben!
Da lass ich den Herrn frisch, fröhlich und frank
Im besten Branntewein leben!
„Es zogen drei Burschen wohl über den Rhein"
Zum Ersten, zum Zweiten, zum Dritten schenkt ein!
Der guten Dinge sind drei, Juchhe!"
Und die rothe Nasen, o weh, o weh.
Ja, ja, die rothe Nasen,
Die hat er sich richtig erblasen.

„„Wie war die Liesel ein herziges Ding
Und hörte so gerne das Blasen,
Noch einmal so gut „Mein Schätzelein" ging,
Wenn Liesel gelugt auf die Strassen.
Und wie es gekommen, und wie es geschehn,
Tagtäglich mussten wir beiden uns sehn,
Da keifte die Mutter, o weh, o weh:
„Einem Trinker geb' ich mein Kind nicht zur Eh',"
Ja, ja, eine rothe Nasen,
Kein Liesel hab' ich mir erblasen!--

„„Ein alter einsamer Herbstgesell!
Was kann es da Grosses verschlagen?
So lang' ich blase mein Hörnchen hell,
Soll auch der Trunk mir behagen!
So glühe stets röther in rosigem Schein.
Was kann da denn sein, was kann da denn sein?
Und legt ihr ins Grab mich dereinst, so steh'
Auf dem Steine: Hier ruht er, o weh, o weh,
Der nur eine rothe Nasen,
Sonst nichts, sich im Leben erblasen!"--

Franz Giese.

Wenn einst die Dichtung ohne Erben
Von dieser Erde wandern muss,
Dann werden alle Blumen sterben.
Eh' sie erschloss der Sonne Kuss.

Dann werden sternenleer die Nächte,
Der Erde Farben blass und todt,
Dann fehlt dem menschlichen Geschlechte
Die Thräne in des Lebens Noth.

Rudolf von Gottschall.

Sprüche.

I.

Glauben, Liebe, Treue gleichen Sonnenschein und
    Himmelsblau,
Und die Thränen, die sie weinen, sind wie klarer
    Morgentau.

II.

Treue und Glauben lass dir nicht rauben,
Aber vertraue auch nicht in's Blaue!

III.

Willst finden Freude, Glück und Frieden,
So muss dein Herz den Armen schlagen!
O, dann wird wahrlich schon hinieden
Ihr Dank dich in den Himmel tragen.

IV.

Glück dir, wenn ein Diener dir ward voll redlicher
    Treue:
Segen erspriesset dem Haus, wenn er die Treue bewährt;
Aber es blühet dein Glück erst recht, wenn immer in
    Liebe
Treu du der Treuen gedenkst, welche dich liebend
    umstehn.

V.

Dem Wandrer gleich, der noch die Stadt vor Abend
    will erreichen,
Sei du, o Mensch: Es naht die Nacht, der Tag wird
    bald entweichen!

Julius Graefe.

Die Stimme der Götter beim Homer tönt so gewaltig, dass Sterbliche sie nicht vernehmen können — und die süsse Stimme des Erdenglücks klingt so leise, dass wir ihren Ruf nicht hören, sondern an der offenen Pforte der Seeligkeit vorüberziehen. Darum sei gepriesen, wer das rechte Mikrophon besitzt.

Ferd. Gregorovius.

Klage des Einsamen.

Ach was sind die Seen, die himmlisch blauen,
Was die Berge mit beschneiter Spitze,
Bunte Wälder, thaubeglänzte Auen,
Wenn ich nicht ein liebend Herz besitze,
Dem ich, was ich fühle, kann vertrauen?

Martin Greif.

Spruch.

Scheide stets vom Tagewerk, bereit
Es am andern Morgen fortzuführen,
Doch gedenk, dass auch vor dieser Zeit
Dich die Hand des Todes kann entführen.

Wiesensteig, den 12. Okt. 1883.   Martin Greif.

Erinnerung der Jugend ist
Ein fernes Alpenglühen.
Vor dem der Pilger gern vergisst
Des Wandertages Mühen:
Die Kuppe, wo mein reis'ger Fuss
Zur Morgenzeit gestanden,
Entbietet Abends mir den Gruss
Des Licht's aus fernen Landen.

Die Alpen glüh'n. Erinnerung
Erwacht an jene Zeiten.
Wo wir noch konnten frisch und jung
Durch's Hochgebirge schreiten.
Am Abend wandr' ich durch das Thal.
Mitunter rückwärts lugend:
Sei mir gegrüsst vieltausendmal.
Erinnerung der Jugend!

Köln am Rhein, 5. Okt. 1883.   Hermann Grieben.

Jugend.

Jugend mit wallendem Haar.
Jugend mit feurigem Blut.
Bist ein entschwundenes Gut.
Nimmermehr soll ich dich sehen.
Nimmermehr sollst du erstehen.
Die so voll Sonne mir war.

Nächtlich. wenn schlummert die Welt.
Ist mir als könnt' ich zurück
Rufen die Jugend. das Glück.

Als ob von Neuem mir blühen
Purpurn in sommerlich Glühen
Rosen auf grünendem Feld.

Morgens, da wird mir so bang,
Rosen wohl blühen gar viel —
Sind nur ein winterlich Spiel.
Denn es sind Blumen im Eise.....
Nimmer erklinget die Weise,
Die ich als Jüngling einst sang.

Wien.   Ferdinand Gross.

Ein freier Mann.

De Hahn, de op sin Misten sitt,
De kann wul kreihn un schriegen,
Doch op den Klockenthorn de Hahn,
De mutt sik dreihn un schwiegen.

Kiel, 12. Juni 1883.   Klaus Groth.

Symbole.

I.

Mit dem Pinsel wirst kein Bild du
Malen in der Woge Lauf;
Aber schau' ihr Aug' in Auge,
Und du drückst dein Bild ihr auf.

II.

Es weicht der Schwan von seinem Weiher nicht.
  Auch von des Eises Kruste schon umsäumt.
Und manchmal friert er ein. wenn allzudicht
  Ihn der Krystall umzirkt. indess er träumt.

III.

Es trägt. wer durch des Regens trüben Guss
Mit ausgespanntem Schirm zu Häupten geht.
Ein Stück von heit'rem Himmel über sich;
Was thut's, dass vor ihm. hinter ihm es regnet? —
Leicht schaffst du stets dir für dein kleines Ich
Das kleine Stückchen Himmel. das du brauchst.

Robert Hamerling.

Edelweiss.

Ein Elfenkind geraubt aus Wallesgrün!
Als spielend du im Blütenkelch dich wiegtest.
Am Silberquell. bei goldner Käfer Glühn.
Dich schäkernd mit dem Blumengeist bekriegtest.
Trug. zärtlich schmeichelnd. Zephyr dich empor.
Den Glanz der Sterne freundlich dir zu zeigen,
Und willig lieh'st dem Falschen du das Ohr:
Was galt dir noch der Schwestern froher Reigen?
Zu klein schien dir die duft'ge Blumenwelt.
Hinaus in fremde Fernen ging dein Sehnen.
Auf stolzem Fels. so nah dem Himmelszelt.
Dort mochtest du allein dich glücklich wähnen;
Doch einsam bald lagst du auf kahler Höh'.

Der Zephyr, sich zu wildem Sturm entfachend
Und höhnisch den gelungnen Streich belachend,
Liess dich zurück in rauhem Eis und Schnee.
Und ob du gleich in bitterm Reueschmerz
Die kleinen Händchen trostlos weinend rangest,
Kein eilend Lüftchen trug dich heimatwärts
Zum trauten Thal, wo fröhlich du einst sangest,
Von Kelch zu Kelche frohgeschäftig schwebend,
Aus Blütenstaub den luft'gen Schleier webend!
Doch mitleidsvoll umwob mit lichtem Glanz
Das Mondlicht tröstend dir die zarten Glieder.
Und Sternlein flochten liebend einen Kranz
Aus Silberschein, zu zieren Haupt und Mieder:
Die Sonne selbst, auf weitem Aetherthrone,
Hat dich geschmückt mit goldner Ehrenkrone! —
Aus bangem Traum, aus düstrer Leidensnacht,
Ein Blumensternlein hold, bist du erwacht,
Ein reizend Wesen, aller Blumen Preis,
Du wunderlieblich, trautes Edelweiss!

Eugen Hané.

Die Wilis*

(Slawische Volkssage).

Was schwebt dort so bleich nach dem waldigen Rain
Und dreht sich am Kreuzweg im Mondenschein?

Was winkt dort so schaurig mit knöcherner Hand
Und schürzet zum Tanze das luft'ge Gewand?

O komm, lass uns eilen, vorüber nur schnell.
Es tanzen die Wilis am Todtenquell!

*) Vor dem Hochzeitstage verstorbene Bräute.

Wenn dröhnend die Glocke um Mitternacht hebt,
Dann siehst du, wie bleich aus den Gräbern sich's hebt.

Dann saust's durch die Lüfte zum waldigen Rain
Und dreht sich am Kreuzweg im Mondenschein.

Die Bräute, die todten, sie haben nicht Ruh',
Sie tanzen im Kranze und winken dir zu.

Doch folgst du der Lockung, ist's um dich geschehn,
Dann musst du im wirbelnden Reigen dich drehn.

Nicht halten sie Rast, bis dem keuchenden Mund
Der Athem entflieht in der nächtigen Stund'.

Bis das Herz dir zerspringt und zerberstet zur Stell',
Und du stürzest, ein Todter, am Todtenquell!

Eugen Hané.

Der Nestgucker.

Aus Süden kam ein Schwalbenpaar
    Daher mit schnellen Schwingen,
Um wieder, wie im letzten Jahr,
    Den Frühling uns zu bringen.

Es setzte sich am Dache fest,
    Wo's Nestlein sass vor Zeiten,
Um für die neue Brut auf's Best'
    Es wieder zu bereiten.

Sie zwitscherten und trugen zu,
    Die Hochzeit bald zu feiern,
Und endlich sass die Sie in Ruh'
    Auf ihren kleinen Eiern.

Er aber brachte Nahrung ihr,
   Flog hin und her geschäftig;
Dann wieder sass er vor der Thür
   Und sang sein Liedlein kräftig.

Bis endlich aus den Eiern sich
   Die kleinen Jungen schälten
Und sich die Alten emsiglich,
   Sie satt zu machen, quälten.

Ein Knabe, der's von unten sah,
   Der sprach: Mal sehen möcht' ich.
Im Nu auch steht die Leiter da
   Und klettert er bedächtig

Hinauf und schaut. Das Schwalbenpaar
   Umschwirret ihn voll Bangen
Und schreit, weil nun der Knabe gar
   In's Nestlein schon will langen.

Die Schwälblein rufen: „lass sie mir“
   In Aengsten zu dem Kleinen,
Dem Knaben aber tönet schier
   Der Weheruf wie Weinen.

Er zieht beschämt hinweg die Hand
   Und klettert von der Leiter
Und stellt sie an die nächste Wand.
   Vom Nest doch piept es heiter:

„Hab Dank, mein Kind, hab schönen Dank!
   Gott wolle dir's vergüten
Und deinen Eltern lebenslang
   Dich liebes Kind behüten!“

Adalbert Harnisch.

Die Rigi.

Der Rigiberg, er ist kein Mann.
  Hat weibliches Geschlecht:
Weshalb man die nur sagen kann.
  So man will sprechen recht.

Bald zeigt ein freundliches Gesicht.
  Ein böses zeigt sie bald.
Dasselbe doch tagüber nicht:
  Ein Weibchen ist sie halt.

Ein Weibchen, was bald lächelt süss.
  Bald brummig ist gar sehr.
Deshalb ist unumstösslich dies:
  Die Rigi heisst's, nicht der.

Adalbert Harnisch.

An E. T. A. Hoffmann.

Bewundernd seh' ich Phantasiegestalten.
In zauberhaftem Dämmerlichte weben.
Aus Gräbern rufst die Todten Du zum Leben.
Gebieter über nächtliche Gewalten!

Der dunklen Macht verhängnisreiches Walten.
Vor dem wir schaudernd ahnungsvoll erbeben.
Ergriff auch Dich im künstlerischen Streben.
Das für Dein höchstes Ziel Du stets gehalten.

Du zeigst in genialen Spuckgeschichten
Dich nächtlich-wild, phantastisch-ungebunden,
Dämonisch ist Dein sprüh'nder Witz. Dein Dichten;

Doch waren dienstbar Dir auch mild're Geister
Und holde Bilder hast Du zart erfunden.
Der Novellistik unerreichter Meister!

Friedrich Hasslwander.

An G. A. Bürger.

Reich waren Deine schönen Dichtergaben,
Doch karg der Lohn, den Dir das Schicksal zollte.
Dass feurig Blut in Deinen Adern rollte.
Hat all dein Erdenglück Dir untergraben.

Balladen schufst Du markig und erhaben.
Dem leicht gelang, was er auch schildern wollte.
Und wenn manch' losem Lied ein Frömmler grollte.
Der echte Kunstfreund wird sich d'ran erlaben.

Lass tadeln nur die kalten Splitterrichter!
Du hast in's deutsche Herz Dich eingesungen
Und bleibst des deutschen Volkes Lieblingsdichter.

Wem Höchstes in der Kunst, wie Dir, gelungen,
Den schilt vergeblich neidisches Gelichter.
Der hat sich die Unsterblichkeit errungen!

Friedrich Hasslwander.

An Goethe.

Du hast des Dichters höchstes Ziel errungen,
Beglückt durch schönste Harmonie im Leben;
Und der Natur geheimnisvollstes Weben
Hast Du mit klarem, tiefen Blick durchdrungen.

Im „Faust" ist Dir der kühnste Flug gelungen,
Wo Du in ew'gen Zügen treu gegeben
Das ganze Erdensein und Mannesstreben.
Die Form hast unvergleichlich Du bezwungen.

Der Schönheit Macht hat Keiner so empfunden.
Die sich in herrlichsten Gebilden weiset,
Und Keiner so Natur mit Kunst verbunden.

Wer Dich den grössten Dichter Deutschlands heisset,
Lobt karg; wer Deinen vollen Wert gefunden.
Dich als den ersten aller Völker preiset.

Friedrich Hasslwander.

Wien 1683—1883.

Wie heldenmüthig Wien einst die Barbaren
Zurück von seinen stolzen Mauern schlug
Und hemmte ihren wilden Siegeszug,
Die höchsten Güter treu sich zu bewahren;

So wird's auch diesmal trotzen den Gefahren:
Noch zählt es wack're Bürger ja genug!
Und nicht gewaltsam, noch durch schnöden Trug
Wird es erobert von der Feinde Schaaren.

Als Hort der Bildung und Cultur bestehen
Will Wien, das nie sich feig verleugnet hat.
Es bleibt sich treu und müsst' es untergehen!

Getrost! Wie arg es auch die Feinde treiben,
Nicht türkisch ward — nicht czechisch wird die Stadt,
Das schöne Wien ist deutsch und wird es bleiben!

Friedrich Hasslwander.

Liebesglück.

So wie ein schöner, warmer Frühlingsmorgen
Die schneebefreite Erde rings erfreuet,
Der neuverjüngten süsse Blüten streuet,
Zum Grünen bringt, was lang ihr Schoos geborgen:

So flieh'n vor deinem Blick die düst'ren Sorgen,
Des Herzens Lenz, er lächelt mir erneuet;
Wie auch des Schicksals kalte Macht mir dräuet,
An deiner Brust fühl' ich mich wohlgeborgen.

Dein Kuss, er giebt mir meine Jugend wieder,
Wie deine Lieb' den Himmel golden säumet
Und mir im Herzen reget holde Lieder.

Wenn dieses reine Glück mir auch verschäumet,
Dann brich, o Herz! denn nie liebst so du wieder,
Den schönsten Traum, ich hab' ihn ausgeträumet!

Friedrich Hasslwander.

Sprüche.

Eines Christen Ebenezer*)
Ist das Kreuz auf Golgatha;
Wer sich demuthsvoll ihm beuget.
Dem ist Gottes Hilfe nah.

*   *   *

Dein Herz ist leicht,
 Wenn du der Last
  Des Kreuzes dich gebeuget hast.
Dein Herz ist schwer.
 Wirst du getragen
  Von dieser Erde eitlem Jagen.

Ernst Hayn.

Weltopfer.

(Kanzone aus dem Cyclus „Kosmische Lieder".)

Soweit der Sonne goldner Strahlenbronnen
Des Weltenraums unendlich Dunkel lichtet.
Darin der Tod sein grausig Scepter schwingt. —
Soweit hinaus ist seine Macht vernichtet.
Hat ihm den Sieg das Leben abgewonnen,
Das daseinsfroh dem Schoos der Nacht entspringt!
Wohin der Gluthblick dringt
Des Weltenaugs, da bricht des Todes Bann.
Da hebt geheim das tiefe Sehnen an,
Des Werdens Trieb, der sich dem Nichts entringt!

All die Planeten, die ihn treu geleiten.
Den reinen Stern, der Licht und Leben spendet, —
Er zeugte sie in heil'ger Flammengluth!

---

*) Eben-Ezer: Stein der Hilfe. 1. Sam. 7, 12.

Das Urweltdunkel schreckte glanzgeblendet
Besiegt zurück in unermessne Weiten,
Wo sie ergossen ihre Strahlenfluth!
Doch mit erneutem Muth
Gewann zurück, was einst in Glanz getaucht, —
Als die Planeten ihre Gluth verhaucht, —
Die ew'ge Nacht in grimmer Beutewuth.

Und immer enger um des Lichtes Grenzen
Zieht sie die Schatten allgemach zusammen,
Bis einst versiegt des Lichtes Ocean.
Doch leuchtend werden in der Sonne Flammen
Noch nach Aeonen die Planeten glänzen,
Bevor die Sonne Nacht und Graun umfahn.
Gleichwie der Pelikan
Die Brust zerfleischt für seine junge Brut.
Verschwendet sie die eigne Lebensgluth,
Wo ihrer Spur erloschne Welten nahn! —

Und wenn sich einst der Zeiten Lauf vollendet,
Das Weltenauge matt verglüht im Sterben,
Und die Planeten längst erstarrt im Tod. —
Dann wird die Nacht das Reich des Lichtes erben
Und jener Welt, die ihre Gluth verschwendet,
Um zu beleben, winkt kein Morgenroth!
Der Liebe Machtgebot
Hiess sie versprühn die lautre Flammengluth,
Darein versenkt des Werdens Keim geruht,
Sie, der belebend keine Sonne loht!

So künde, leichtbeschwingt,
Mein Lied, der Welt, wie wahrer Liebe Art
Im Sternenreihn sich herrlich offenbart, —
Selbstlos und treu sich selbst zum Opfer bringt!

Paul Heinze.

Der Stoammel-Guste.

(Schlesische Mundart).

Ich kunnde suste ganz zufriede sein —
Su vu Nattur, do bien ich schmuck und fein.
Und wie gelackt, und rusig vu Gesichte;
Ich bien gewachsen wie eim Pusch de Fichte
Und immer prupper und adrett geklid't.[1]
Wie's goar a and'rer Pauersuhn nich britt;[2]
Ock, wenn ich räde, tutt mer'sch su malhieren.
Dass ich und muuss mich su verdivediren.

Wenn Eener mich ni asitt, nu do giecht's,
Do resst mer'sch ei da Woartekroam keen' Ritz.
Do leeft mer'sch, wie geschmäert, su aus der Gusche;
Jedenno krieg ich glei' ne eisekaale Tusche.
Wenn mich a sitter Noarsaak ubservirt
Und uf mich glupscht[3] und eegen uf mich hiert,
Do stieh ich ma — ma — manchmoal wie ne Saule
Und br — br — breng' reen Nischte aus'm Maule.

's kimmt mer schun wieder — s'is as wie verhext,
Ich kumm ei's Schwadern und verlier' a Text.
Weil mich a sitter Kr — Kr — Krüpel agoafft.
Und mit der Nu — Nu — Nulpe o no apoafft.
Wär'sch ni vur ollen Lo — Lo — Leuten hie,
Ich gäb'm glei an Dingrich ei de Batterie.
Dass a - die ke — ke — kenn ber schun die Sachen —
Mich wil asu zur Fu — Fu — Funge machen![4]

A Hund is besser droa; denn bi — bi — billt a su.
Do sitt'm Keener ni so hühnsch[5] und heemtücksch zu,
Do ka — ka — kan a sich o ni verbuschtebiren

---

1) gekleidet. 2) fertig bringt. 3) scharf ansehen. 4) „zur
Funge machen" zum Narren haben. 5) höhnisch.

53

Und ni verwerr'n und ni vergallupiren.
Ich wer' derno reen tälsch und drähmig schier
Und's macht mer Popel, macht mer Männdel vür.
Ich weess nich. han' der Durnstig¹) aber Freitig,
Und mit mer salber zürn' und stri — stra — streit' ich.

Ich ha mich schun wer weess wie sichr gefuxt.
Wenn ich a su geduktert und gedruxt.
Hauptsächlich, wenn a Mädel ich spunsire
·Und mit'r pla — pla -- plausch' und tischkerire.
Wenn ich su recht eim Fa — Fa — Feuer bin,
Do is 's as mässt' ich mit zahn Pfaren²) zieh'n,
Dass ich und sprech' meinzwegen, halb eim Tusel:
„Gib mer a Gu — Gu -- Guschel, liebe Rusel!"

Do hochert su a Racker. lacht und zinnt,
Und is derno furt — wuppdich! — wie der Wind
Und Olls, weil ich. wenn ich mich su benecker',
As wie a Ziegebuck me — meck — meck — mecker'!
Itz wees ich's adder. woas mich retten koan,
Ich schaff mer haldig su a Weibsbild oan,
Die, wenn se sich mit mer bespoasst, beneckert.
A wing, wie ich — woas schadt's? — meck — meckert!

Max Heinzel.

Mit den Lebenden zu leben.
War mein Dichten, war mein Streben;
    Nicht vom Mohne grünt mein Feld.
Doch besonnt vom hellen Tage
Blick' ich gern in's Land der Sage.
    In die Dämmerzeit der Welt.

München, im September 1883.   Wilhelm Hertz.

¹) Donnerstag. 2) Pferde.

Lebenskunst.

Im süssen Glücke sich zu wiegen,
Ist eine Kunst, die jeder kann.
Des Lebens ächte Werthe liegen
Oft mitten auf der rauhsten Bahn;
Und willst das Rauhe Du besiegen,
So musst Du, ringend wie ein Mann,
Den grossen und den kleinen Nöthen
Mit heitrer Stirn entgegen treten.

O. L. Heubner.

Kern und Schale.

Die Weisheit des Brahmanen spricht:
In jedem trefflichen Gedicht
Liegt tiefrer Sinn und reicher Gemüth,
Als man beim ersten Anblick sieht.

Es hüllt den Kern die Schale ein,
Das Schöne will gefunden sein;
Und soll es sich Dir ganz erschliessen,
Darf Dich das Suchen nicht verdriessen.

Doch muss die Hülle ahnen lassen,
Was ihre Schleier in sich fassen,
Und steter Formenliebreiz gebe
Den Sporn, dass man den Schatz sich hebe.

O. L. Heubner.

Heimisch.*)

Wo ist mein Heim? Hab' ich es da empfangen,
Wo in des Ganges Flut der Gott sich regt?
Ist's, wo das Meer der Freiheit Grund gelegt,
Des „Rule Britannia" Laute stolz erklangen?

Ist's, wo mich Frankreichs Lüfte lind umfangen,
Wenn schnell hinüber Englands Kiel mich trägt?
Ist's, wo der deutsche Laut ans Ohr mir schlägt,
Am Strom die Gold- und Purpurtraube prangen?

O, frage nicht! Wem nur Dein Blick begegnet,
Weckst Du des Guten und des Edlen Keim:
Du bist vom Himmel wunderbar gesegnet:

Wie unterm Frühlingshauch die Blumen spriessen,
Ist Dir, wohin Dein Fuss Dich führt, ein Heim
In Aller Herzen heilig angewiesen.

O. L. Heubner.

Der Gattin, zum ersten Geburtstag
im neuem Heim. 1874.

Was wir ersehnt, hat Gott gegeben.
In Waldesruh das eigne Heim:
Der kleine Garten liegt daneben.
Er passt zum Wald, wie Stein zu Stein.

In's Grüne führen beide Pforten
Auf stillen Wegen mannichfach,
Und durch die Wipfel aller Orten
Grüsst traulich Nachbarhaus und Dach.

---

*) Einem Mädchen in's Album, das, in Ostindien geboren, abwechselnd in England, Frankreich und Deutschland erzogen wurde.

In jedem Eckchen Licht und Frieden.
Vom Himmel her die reine Luft,
Im Garten Rasengrün und Blüten.
Des Nadelholzes würz'ger Duft:

Der Bäume feierliches Rauschen,
Der Häherschlag. der Amselsang.
Und in die Weite leises Lauschen
Nach Festgeläut' und Glockenklang:

Behaglich Nahes. klare Ferne.
Der Berge violetter Kranz,
Und drüber Sonne. Mond und Sterne
Mit purpurnem und goldnen Glanz.

Im Lauf der Stunden und des Jahres.
Von schönem Wechsel angefrischt —
Viel Neues. Trautes. Wunderbares
Hat Gottes Huld uns aufgetischt.

Es blühet um den Tisch wie Reben
Der Mädchen liebliches Gezweig.
Der kleine Fiedler geigt daneben.
Die Söhne stehn an Ehren reich.

So wolle Gott uns fort begnaden!
Er lasse. Hand in Hand gefasst.
Fortwandern uns auf seinen Pfaden
Durch Lebenslust und Lebenslast!

Bei unsrer Kinder heiterm Sange.
Die Herzen warm. die Augen klar.
Komm uns mit frischem Lebensgange
Herauf noch manches liebe Jahr!

O. L. Heubner.

Tagebuchrückblicke.

I.

Treue Zeugen froher Tage
   Noch im Alter labt ihr mich,
Düst'rer Leiden Gram und Plage
   Wandelt ihr mir wunderlich.

Wahn und Wahrheit — gegenwärtig
   Mich bedrängend lange Zeit, —
Steigen licht auf, farbenprächtig,
   Zeigen's mir, was mich befreit.

Was die Nacht in mir bezwungen,
   Menschenweisheit bracht es nicht; —
In der Trübung ist's entsprungen,
   Aus dem Dunkel kam das Licht.

Immer nah und gegenwärtig,
   Oft verborgen, unsichtbar,
Immer wieder steigt es mächtig
   Auf im Herzen mild und klar. —

Treue Zeugen froher Tage,
   Treue Zeugen düst'rer Nacht.
Euch dank' ich's, was Freud' und Plage
   Mir zum lichten Traumbild macht!

II.

Zur Gegenwart wird die Vergangenheit,
   Das Trübe wird durchleuchtet klar und mild,
Des Lebens Lust, des Strebens Freudigkeit,
   Des Leidens Qual steigt auf im lichten Bild,
Er schwebt vor mir in stiller Nacht, am Tag',
   Am Lebensabend bild' ich's treulich nach! —

III.

Aus den Dornen bricht die Rose.
Aus dem Fels der Quell.
Aus leidvollem Erdenschosse
Leben, himmlisch hell —

In des Lebens Labyrinthen
Flammt am Kreuz das Licht —
Wollt den rechten Weg Ihr finden
Flieht den Kreuzweg nicht! —

Loschwitz, im October 1883.   Moritz Heydrich.

„Wie leicht dein Herz, wie reich dein Glück."

(Aus dem Nachlasse des Dichters.)

Wie leicht dein Herz, wie reich dein Glück,
In tiefer Nacht sitz nicht allein —
Sie schaut mit geisterhaftem Blick
Verzehrend in dein Herz hinein.

Sie schwebt betäubend dir und heiss
Um's frohe Haupt — du merkst es nicht! —
Die dunkeln Fitt'ge streifen leis
Aus deiner Hoffnung strahlend Licht.

Dein Herz wird bang — es zuckt und zagt,
Dein Haupt wird schwer, der Zweifel wacht.
Er wächst — bis riesengross er ragt,
Du ringst umsonst, es siegt die Nacht.

Sie nimmt die Treu, die Lieb dazu,
Zerbricht dein Glück und Ruhm und Macht —
Wie reich an Glück und Segen du
Sitz nicht allein in tiefer Nacht.

Edm. Höfer.

Sprüche.

Der Leib ist nicht dein volles Wesen:
Unsterblich wohnt in dir ein Geist,
Den Gott zu ew'gem Glück erlesen,
Der seinen Schöpfer kennt und preist.
Wenn du dereinst dies Leben endest,
Fängst du ein neues wieder an,
Wenn du dich hier zum Guten wendest,
So bist du ewig wohl daran.

*   *   *

Liebes Herz, sei hülfsbereit,
Leide mit, wo Jammer weilt,
Tröste, wo man Trost verlangt,
Rath' und stütze, wo man wankt,
Dann strömt, liebes Herz, aus dir
Wohlthat wie ein Bach herfür,
Der, eh' er in's Meer sich giesst,
Vieler Müden Labsal ist.

F. Ernst Hoffmann.

Trost.

Die Feinde werden endlich schweigen.
Wenn du dich nicht entgegen legst:
Und deine Unschuld wird sich zeigen.
Wenn du die Schmach geduldig trägst.

Wenn vor dem inneren Gerichte
Dich dein Gewissen schuldfrei spricht.
So wird die Lästrung einst zu nichte.
Und deine Unschuld kommt an's Licht.

Er lässt die Unschuld nicht erliegen.
Er. welcher Licht und Dunkel schied;
Sei ohne Schuld, und du wirst siegen
Durch Gott. der in's Verborgne sieht.

Dein Gott macht Freunde dir aus Feinden,
Wenn es sein Vaterwille ist:
Verfolgend christliche Gemeinden.
Ward doch aus Saulus noch ein Christ.

F. Ernst Hoffmann.

Auf den Tod eines Jugendfreundes.

Mit leblos kalten Zügen,
Umklaget und umweint.
So seh' im Geist ich liegen
Dich, frühverstorbner Freund!

Dein Tod ruft meine Thränen.
Weckt meine Klagen auf.
Und oft kann ich's kaum wähnen.
Dass du vollbracht den Lauf.

Wie bald hat sich's vollzogen,
Was du mir einst vertraut;
Wie bald hat's dich gezogen
Hinab zur todten Braut!

Da Treue du gehalten
Und Liebe bis zum Tod,
Wird sie sich neu entfalten
Im ew'gen Morgenroth.

Zwar schmerzlich ist dein Scheiden,
Doch schmerzvoll war dein Loos.
Drum ruh' von allen Leiden
Nun aus im Erdenschoos.

Hab' Dank, du herzlich-guter,
Du theurer Jugendfreund!
Wie um den eignen Bruder
Hab' ich um dich geweint.

Hab' Dank für alle Güte,
Die du auch mir geweiht;
Die Liebe und der Friede
Lohn' dich in Ewigkeit!

F. Ernst Hoffmann.

Lass der Sehnsucht Ziel entfliehen.

Lass der Sehnsucht Ziel entfliehen.
Alles täusche Stück für Stück:
Nicht das Halten, das Geniessen.
Nur die Sehnsucht ist das Glück.

Zeiten gleiten, Stunden fliessen,
Schwankend wandelt das Geschick;
Lass mich halten, mich geniessen
Den geliebten Augenblick.

Lass den Augenblick verfliessen.
Leise bleibt die Lust zurück;
Nicht im taumelnden Geniessen.
Im Erinnern liegt das Glück.

Hans Hoffmann.

Die Entwicklung staatlicher Gesittung ist gleichbedeutend mit dem allmäligen Fortschreiten von dem Recht des Stärkeren zur wachsenden Stärkung des Rechts.

München, 8. Mai 1884.   **Dr. Fr. Holtzendorff.**

Die Himmelsblume.

Lied. (Mel.: Morgen muss ich fort von hier.)

Wächst ein Blümlein hold und fein
In dem schönsten Garten.
Blüh'n auch all' die Blümelein
In viel tausend Arten:
Keins auf Erden ist ihm gleich,
Keins an Pracht und Duft so reich,
Keins trägt edlern Namen.

Liebe heisst das Wunderkraut,
Paradiesentsprossen.
Von der Thräne mildbetaut,
Gottes Aug' entflossen.
Engel haben es gebracht,
Dass es hier in seiner Pracht
Blüh' in unsern Herzen.

Dass das Blümlein in der Welt
Nimmermehr mag fehlen,
Sind zu Gärtnern ihm bestellt
Fromme Menschenseelen.
Dass es spriesse und gedeih'
Und die wüste Erde sei
Wie ein Gottesgarten.

Wer sich mühet früh und spat,
Um auf allen Wegen
Auszustreu'n der Liebe Saat,
Dem blüht reicher Segen;
Wo gepflanzt er Freud' und Glück,
Giebt die Liebe ihm zurück
Freude tausendfältig.

Berlin, im Juni 1884.   Hermann Jahnke.

Schmetterlings-Reise.

Das nenn' ich mir ein Leben,
Sei's auch nur Tage lang,
So ätherleicht zu schweben
Nach Herzens Lust und Hang.

Das nenn ich mir ein Reisen,
Ein freudig Lebensblühn.
Ohn' langes Diensterweisen
Im Blumenkusse glühn!

Ja, das ist rechte Freude,
Du Kind der Sonne du,
Kennst morgen nicht und heute,
Schwebst nur dem Lichte zu.

Dem Lichte und dem Schönen
In Lust und Duft und Kuss.
In Farben und in Tönen.
In jeglichem Genuss!

Neapel.   Woldemar Kaden.

Grabschrift.

Den ich vergebens suchte stets hinieden.
Gefunden hab' ich endlich hier den Frieden.
An dieser Schwelle leg' ich ab die Schuhe
Und setze meinen Pilgerstab in Ruhe.
Auf mancher Strasse bin ich irr' gegangen,
Doch liess die letzte mich an's Ziel gelangen;
Der Lebensweg, den ich vollendet habe,
Ein Umweg war es nur zu meinem Grabe.

Max Kalbeck.

Bergan!
(1846)

Ich singe noch nicht von Grab und Tod.
Noch nicht von Sehnen und Leiden:
Mein Leben schwimmt noch im Morgenroth —
Was soll ich in Nacht mich kleiden?

Die Kuppen glüh'n in goldenem Licht.
Ich steig hinan voll Entzücken —
Verkümmert, verkümmert den Gang mir nicht
Zu den flammenden Bergesrücken.

Nur still, nur still. — es kommt die Zeit.
Da wird's auch anders klingen —
So lange ich trage mein leuchtendes Kleid.
Will ich steigen, jauchzen und singen.

Dr. Alex. Kaufmann.

Wie mein Liebster so lustig.

Wie mein Liebster so lustig.
  Die Feder am Hut.
Den Wald durchschreitet.
  Das weiss ich so gut.

Ich weiss, wie er plaudert
  Und scherzet und lacht,
Wie sein Horn er bläst
  In der Waldesnacht.

Ich weiss. wie er fröhlich
  Im Tanze sich schwingt,
Wie er Märchen dichtet
  Und Lieder singt.

Ach. all mein Wissen.
  Wie gern wollt' ich's missen.
Wenn ich nur wüsste
  Wie mein Liebster — küsste!

Dr. Alex. Kaufmann.

Das Kind Gottes.

Sahst du wohl je ein Menschenkind.
Das Gottes warmer voller Hauch
So weich umschwebte und so lind
Wie Sonnenduft den Rosenstrauch?
Aus dessen Goldgemüte.
Ihm selber unbewusst.
Entspross die reichste Blüte.
Der Menschenwelt zur Lust?

Es wandelt still und fromm dahin
Die wirren Pfade dieser Welt:
Was ist es doch, das seinen Sinn
Auf rechtem Wege stets erhält?
Gleich wie des Schiffers Nadel
Nach Norden stetig weist.
So sonder Fehl und Tadel
Folgt es dem heil'gen Geist.

Denn tief im stillen Herzen lebt
Die Liebe ihm zu Jesu Christ:
Dort glüht die Flamme. die es hebt
Zu allem, was im Himmel ist.
O sieh. wie güldne Treue
Ihm aus dem Auge strahlt!
Kein Zweifel. keine Reue.
Nur Friede drin' sich malt.

Wohl scheint es schwach. ein zartes Rohr.
Und ohne Stütze. ohne Halt.
Und doch, — der Böse zagt davor.
Hier scheitert seine Allgewalt.
Denn Engel ziehen leise
Um dieses Gotteskind
Die unsichtbaren Kreise.
Die fest dem Bösen sind.

Ob auch die Welt mit Schmach und Hohn
Dem zarten Kinde wehe thut,
Es sieht des Heilands Dornenkron'
Und sein für uns vergossnes Blut.
Mit stummem Händefalten
Blickt's ruhig himmelwärts,
Und seligen Gestalten
Weicht bald der Erdenschmerz.

Und ob ihm seine Liebsten auch
Der bittre Tod in Wehen raubt,
Es fühlet doch den Gotteshauch,
Es weiss ja fest, an wen es glaubt;
Und mit der Glocken Tone
Schallt's in des Todes Pein:
„Des ew'gen Lebens Krone
Soll dir behalten sein."

Karl Heinrich Keck.

Rosen auf dem Grabe.

(Nach dem Schwedischen.)

Zwischen Kirchhofsmonumenten Thekla
Eines Abends ging mit frischen Rosen,
Sie auf ihres Bruders Grab zu legen
Als ein schwaches Zeichen stiller Trauer;
Als sie leise kam zum grünen Hügel,
Der da barg die Asche des Verstorb'nen,
Sank sie andachtsvoll auf ihre Kniee,
Und Gebete schickte sie zum Himmel.

Und indem sie zum Allmächt'gen flehte,
Netzt ihr Sammetkleid ein Strom von Thränen,
Und dann senkt des Trostes sanfter Engel
Seine Labung in das Herz der Jungfrau.

Dicht dabei sie sah ein neues Grabmal:
Ueber dieses Grab ein blasses Mädchen
Bückte sich gleich frosterstarrter Lilie.
Gram- und trauervolle Seelen finden
Leicht bei andern süsse, treue Freundschaft.
Und, ihr eignes Weh vergessend, Thekla
Eilte strauchelnd hin zur Leidensschwester,
Und umarmte sie. Dann sprach sie leise:
„Schwester, sage mir, weshalb du trauerst?"
Stumm sie zeigte auf ihr Herz als Antwort.
„Warum bist du thränenlos, o Schwester?"
Auf die Augen zeigte sie als Antwort.
„Warum legst auf's Grab du keine Rosen,
Willst du wohl die Hälfte meiner haben?"
Und sie deutet stumm und traurig lächelnd
Auf die Wangen, blass und eingefallen.
Und dann sprach sie in gebrochnem Tone:
„Hab' ich Rosen nicht auf's Grab geleget?"
Weinend fiel ihr Thekla um die Arme,
Und kein Sterbenswort sie weiter fragte.

Karl Knortz.

Aschenbrödel.

Aschenbrödel am Herde sitzt
Gar müde, elend und krank;
Für Andre sie schafft, für Andre sie schwitzt,
Und Niemand weiss ihr Dank.

Im hohen Ahnensaale lacht
Des Hauses holde Maid:
In Waffenschmuck und Jugendpracht.
Geht ihr ein Ritter zur Seit'.

Aschenbrödel, die arme, betrübt
Und traurig sitzet am Herd;
Der Ritter, den sie stille liebt,
Trägt weder Panzer noch Schwert.

Heut' geht zu Ende doch ihr Leid,
Denn ihr Ritter sie nicht vergass;
Und als er die arme Verlassne gefreit,
Trug er Hippe und Stundenglas.

Karl Knortz.

Psalm 93.

Der Herr ist Gott —
So weit die Welten reichen
Geht seiner Herrschaft Machtgebot: —
Wenn aus der Kreise Bahn die Sterne weichen —
　　　Gott bleibt doch Gott.

Sein Stuhl steht fest —
Ob Felsen taumelnd beben.
Das Meer der Tiefen Grund verlässt.
Die Wasserströme brausend sich erheben —
　　　Sein Stuhl steht fest.

Gott schuf die Welt.
Allweisheit ist sein Walten; —
Die Sonn' hat er dem Tag gesellt.
Er deckt die Nacht mit seines Mantels Falten
　　　Am Sternenzelt.

Fürchtet den Herrn —
Gott hat sich euch bezeuget.
Die wider ihn im Trotz sich sperr'n.
Dass er des Hochmuths starren Nacken beuget.
    Fürchtet den Herrn.

Gott thut sich kund.
Wie säuselnd in den Blättern
Der West sich regt: — doch schilt sein Mund.
Erbebt vor seines Zornes droh'nden Wettern
    Das Erdenrund.

Licht ist sein Kleid —
Vor seinem Angesichte
Erstarrt gebannt die Flucht der Zeit: —
Er ruft die Welten vor das Weltgerichte
    Der Ewigkeit. —

Hans Köster.

Die letzte Stunde!

Wer Gott verehrt und Menschen liebt.
Wer seinen Nächsten nie betrübt.
Die Leidenschaft. die stets bestrickt.
Im Keim' in seiner Seel erstickt.

Wer so erfüllt des Lebens Pflicht. —
Der kennt des Lebens Reize nicht.
Und manchen ird'schen Hochgenuss
Er lebenslange missen muss.

Doch wenn zu Rand sein Lebenspfad.
Wenn seine letzte Stunde naht.
Da siehet er mit ruh'gem Blick
Auf die Vergangenheit zurück.

Die letzte Stunde ist es werth,
Dass man im Leben viel entbehrt:
Die letzte Stund' wiegt reichlich auf
Den dornenvollsten Lebenslauf.

Prag, am 15. October 1883.   S. Kohn,
                                   Verfasser von „Gabriel".

Alles, was die Kunst ausdrückt,
ruhet bereits in des Menschen Herz; des
Künstlers Genius wecke es auf!

Dresden, im Juni 1883.   Edmund Kretschmer.

Willkommen auf dem Lande!

(An ein junges Mädchen.)

Nun will ich singen und sagen
Ein Willkommliedchen Dir:
Sei so an allen Tagen
Fröhlich, wie heute hier!
Das ganze weite Leben
Wölbe sich Dir zum Saal,
Drin Sonnen und Seelen geben
Einen wunderbaren Strahl.

Musik soll Dir nicht schweigen.
Du hast sie stets geliebt.
Und Deinen Fuss bei Geigen-
Und Flötenschall geübt.
Was draussen sich hemmend hügelt.
Soll ebnen sich Dir zum Saal.
Ein Füsslein überflügelt
Tanzend die grösste Qual.

Dass Du die Stadt verlassen.
Nicht thue das Dir leid.
Laut schrei'n die engen Gassen.
Sanft lockt Waldeinsamkeit.
Dort witzeln sie. hier scherzen
Sie stets bei heiterm Blut.
Ich weiss. das alle Herzen
Hier bleiben wohlgemuth.

Hoboe. Geige. Flöte!
Doch hörst du süssern Schall.
Wenn goldne Morgenröthe.
Anpreist die Nachtigall.
Steil über grünem Halme
Bringt Lerche dar ihr Lied.
Weitab vom städt'schen Qualme.
Vor dem die Sängerin flieht.

Sieh' diese Herrlichkeiten:
Die Säulen. Baum an Baum.
Die ihre Wipfel breiten:
Zum Dom wird Dir der Raum.
Nicht Weihrauchwolken frischen
Hier Nerv und Waldes Luft.
In Blumenkelchen mischen
Lenzhauche süssen Duft.

Und hier auch hörst Du's klingen,
Es springen die Wellen im Bach,
Den flüchtigen aber singen
Dompfaff und Drossel nach;
Bleibt hier und lasst euch hegen
In dieser laubigen Bucht.
Bald dort auf staubigen Wegen
Ermattet eure Flucht!

Dich lockte von der Bühne
Der Stadt das reine Licht
Des Borns, der durch die grüne
Waldnacht sein Silber flicht.
Willkommen denn, lieb Mädchen,
Das waldein wieder zieht.
Sieh' hier, mit goldnem Fädchen
Hält Dich dies kleine Lied!

Rudolf Kulemann.

Nacht in Venedig.

Dunkelblaue Wellen wogen
Leise netzend
An den hochgewölbten Bogen
Der Paläste.
Und der Ampeln rothes Leuchten
Scheinet Geistern
Auf der Bahn, der schaurig feuchten,
Heim zu leuchten.
Schwebend neigen sie sich nieder
Unermüdlich;
Und die alten Zauberlieder
Klingen wieder.

Rastlos auf dem weiten Meere
Spielet tändelnd
Mit dem mitternächt'gen Heere
Mondesschimmer.
Horch, da hallen von San Marko
Dumpfe Glocken,
Und der Geister flücht'ge Schaaren
Schwinden eilend.
Nur der Ampeln rothes Leuchten
Spielet einsam
Auf dem schaurig kalten, feuchten
Elemente.

Heinrich Kurtzig.

Emanuel Geibel.

Er hat des hohen Amtes treu gewaltet,
 Mit reiner Hand die heil'ge Glut geschürt,
 Der Sänger Reigen festen Schritt's geführt
Und Herrlichstes in edler Form gestaltet.

Nun ist sein Mund verstummt, das Herz erkaltet,
 Das allem Guten rastlos nachgespürt,
 Des Sanges Quell versiegt, von dem berührt
Sich unsre Herzen froh und frei entfaltet.

O preist ihn glücklich! Denn im Dienst des Schönen
 Hat früher Ruhm des Jünglings Haupt geschmückt
 Und freud'ges Schaffen noch den Greis beglückt.

Er war geliebt von seines Volkes Söhnen,
 Und hat der Tod ihn unserm Blick entrückt,
 Lebt er doch fort in seines Liedes Tönen.

Adolf Lasson.

Spätes Glück.

Was uns getrennt in der Ferne gehalten,
Alle die feindlichen trüben Gewalten,
Decke Vergessen mit dunkelster Nacht.
Wie wir gerungen und was wir gelitten,
Bis wir die hemmenden Bande zerschnitten,
Dessen sei mutigen Herzens gedacht.

Halten wir fest uns in Treue umschlungen,
Lass sie sich üben, die lästernden Zungen;
Selig umfängt uns ein blühender Mai.
Alle die Bitterkeit schmerzlicher Tage,
Trauerndes Sehnen, vergebliche Klage,
Schmilzt nun dahin, die Seele ist frei.

O, dass sich nimmer die Sonne nun wende,
Nimmer das sel'ge Beisammen sich ende.
Das die verwundete Seele geheilt!
Eines nur lehr' uns die Welt und ihr Hassen,
Fester und fester nur uns zu umfassen,
Bis uns die letzte der Stunden ereilt.

Adolf Lasson.

Hellas.

Was einst Phidias schuf, Polygnot und alle die
Andern,
Nieder in Asche und Schutt trat es die eherne Zeit.
Doch in Atome zerschellt, wie Sonnenstäubchen der
Schönheit,
Fliegt es im Aether, und hellt noch und durchleuchtet
die Welt.

Richard Leander.

Frühlingstrost.

Vom grünen Saatfeld steigt die Lerche wieder
Mit hellem Sang zum blauen Himmelsdom,
Und tausendfach erwachen all' die Lieder,
Die einst erstarben, wie vom Eis der Strom;
Die Blümlein grüssen dich, und leis und linde
Küsst milder West die blasse Wange dein —
Sorg, dass der Lenz zu dir den Weg auch finde,
Weit auf dein Herz und lass den Frühling ein!

Die Bächlein rauschen froh durch neue Lande,
Die Biene summt zum blüthenreichen Thal,
Der Kukuck ruft versteckt vom Waldesrande
Und Licht und Leben strömet überall.
Und hält der Winter deinen Geist umfangen
In Noth und Jammer, Sorge und in Pein:
Getrost hinaus zur lichten Welt gegangen —
Weit auf dein Herz und lass den Frühling ein!

Hermann Leischner.

Johannisnacht.

Im Friedhofslindenbaume,
Dess' Duft hernioderweht,
Da flüstert's wie im Traume
Leis wie ein Nachtgebet.

Johanniswürmchen glühen
Im dichten Jasminstrauch
Und rothe Rosen blühen
Berührt von Abendhauch.

Und Blumenschmuck, so reichen,
Hat man auf's Grab gelegt
Zum ausdrucksvollen Zeichen
Dess, was das Herz bewegt.

Denn Liebe nur alleine
Legt auf der Lieben Grab
Das, was im Sonnenscheine
Der Lenz uns liebend gab.

Euch freute ja die Rose
Und das Vergissnichtmein,
Eh' ihr hier unterm Moose
Noch schlieft zum Frieden ein!

Ob kalt und stumm, sie leben,
Die wir in's Grab gesenkt,
Sobald ein Herz ergeben
In Liebe ihrer denkt.

Drum Blumenschmuck, so reichen,
Hat man auf's Grab gelegt
Zum ausdrucksvollen Zeichen,
Dess, was das Herz bewegt. —

Im Friedhofs-Lindenbaume
Und durch die Blumenpracht,
Gleich einem lieben Traume
Webt die Johannisnacht.

Hermann Leisehner.

Im Herbste.

Es ist so still die Flur geworden,
Es fällt der Bäume buntes Kleid,
Ein leises Sterben allerorten —
Lenz, Sommerlust -- wie weit, wie weit!

Der Duft der Blumen ist verflogen,
Sie sind geknickt vom rauhen Nord,
Und von der lieben Heimath zogen
Hoch durch die Luft die Schwalben fort.

Ob Blätter fallen, Schwalben ziehen,
Nicht Wehmuth fülle dein Gemüth,
Den treibt der Winter nicht zu fliehen,
Dem tief im Herzen Frühling blüht.

Hermann Leischner.

Der Rhein:

Lasst euch, Deutsche! mich warnen. Den Gletscher-
bächen des Gotthards
Ein' ich den Neckar, den Main, ein' ich die Mosel,
die Lahn,
Ein' ich noch viele Gewässer des weiten Gebietes, und
stattlich
Wall' ich als deutscher Rhein hin durch das
herrliche Reich.
Aber im Reichthum thöricht, vergeud' ich die Fülle
der Fluthen,

Waal und Yssel und Lech send' ich gesondert in's
  Meer.
Dann den Namen sogar, den rühmlich geführten,
  verlier' ich.
Unbeachtet verschleicht endlich mein ärmlicher Rest.
Deutsches Volk! Du vollbringe, vor allen Völkern ein
  Weltstrom,
  Ruhig und würdig den Lauf, mächtig in Liebe
  vereint.

Grätz, 1884.   Karl Gottfried Ritter von Leitner.

Harfenspiel.

Als eine Riesenharfe ist
Der Bergwald ausgespannt.
Der Regen, der lind niederfliesst,
Ist heute Musikant.

Auf laub'gem Zweig, auf Tannenreis,
Die sich als Saiten ziehn,
Spielt er mit schlanken Fingern leis
Urew'ge Melodien.

Und wie einst Davids Harfensang
Den finstern Saul zerstreut,
So heut' des Regenspieles Klang
Mir Herzerquickung beut.

                    Anna Liebhold-Teichmann.

Die junge Römerin.

Du Kind des heissen Südens.
Wie blitzt dein Augenpaar!
Wie glühen die Granaten
Im rabenschwarzen Haar!

Wie rahmt des Schleiers Wolke
Dein Antlitz lieblich ein,
Wie gleicht der Zähne Glänzen
Dem lichten Elfenbein!

Es schlingt sich um den Nacken
Ein reich Korallenband.
Und anmuthsvoll bewegst du
Den Fächer in der Hand.

So heiss wie deine Sonne,
Du junge Römerin.
Ist deiner Blicke Feuer.
Dein launisch' rascher Sinn.

Wie klar sich wölbt dein Himmel.
Dich Blumenpracht umblüht,
So kündet Glück und Freude
Dein kindliches Gemüth.

Und schnell, wie welscher Frühling
Erstehet über Nacht.
Ist in des Herzens Tiefe
Die Liebe dir erwacht.

Nicht wie der Lenz des Nordens
Birgst du die Knospe still,
Die einst die Zauberblume
Der Liebe werden will;

Gleichst nicht dem deutschen Mädchen,
Das heimlich träumt und zagt,
Wenn sich die junge Liebe
Verschämt an's Licht gewagt. —

Du Kind des heissen Südens,
Wie blitzt dein Augenpaar!
Wie glühen die Granaten
Im rabenschwarzen Haar!

Anna Liebhold-Teichmann.

Des Burschen Wanderlied.

Früh geh' ich auf die Wanderschaft
Am thaugekühlten Morgen.
Freu' mich der frischen Jugendkraft,
Vergess' die Alltagssorgen.

In grüne Wälder zieh ich ein
Mit Jauchzen und mit Singen.
Denn auf der Reise fröhlich sein
Muss man vor allen Dingen.

Wie sonnig liegen Berg und Thal!
Es schwatzt die kleine Quelle,
Es starren Felsen, grau und kahl.
Die Firnen leuchten helle.

Die Gletscher fesseln grimm und kalt
Viel tausendjähr'ge Bande;
Der Bergstrom braust mit Allgewalt,
Bis dass er schleicht im Lande.

Klein Vöglein singt im Arvenforst,
Blau-Enzian haucht Düfte,
Der Aar schwingt sich vom Felsenhorst
In himmelsreine Lüfte.

Das lichte, samm'tne Edelweiss
Und holde Alpenrosen
Blüh'n nah' bei Schnee und Gletschereis,
Bei rauher Stürme Tosen.

Muss auf dem Weg zum Alpenfirn
In Sonnengluth mir fliessen
Ein Tropfenheer von brauner Stirn,
Lass ich mich's nicht verdriessen.

Werd' ich von Regengüssen nass,
Werd' ich auch wieder trocken,
Denn zehn Mal besser dünkt mich das,
Als in der Stube hocken.

Komm ich bestaubt an Hof und Haus,
In's kleine Hochlandstädtchen,
Schaut nach dem Wanderburschen aus
Doch manches hübsche Mädchen.

Vom Wirthshaus dann ein Schild mir winkt,
Vom weiten Weg zu rasten,
Und wenn der Wein im Glase blinkt,
Da denk' ich nicht an's Fasten.

Den frischen, frohen Lebensmuth
Bewahr' ich alle Stunden;
Dann, liebe Leute, reist sich's gut,
Kann Leib und Geist gesunden.

Anna Liebhold-Teichmann.

Sternschnuppe.

Es fiel ein Stern in der schwülen Nacht.
Ich dachte deiner im Fluge.
Und hab' seitdem an dich gedacht
Mit jedem Athemzuge.

Ein fallender Stern — nur flüchtiges Glück
Kann er bedeuten dem Herzen.
Dann bleibt am Himmel die Nacht zurück.
Der Seele bleiben die Schmerzen.

Amélie Linz-Godin.

Erstes Leid.

Ein junges Herze zu beengen,
Es auf des Lebens rauhe Bahn
Zum ersten Male hinzudrängen,
Das ist fürwahr nicht wohlgethan.

Es wird sein bittres Leid verwinden,
Früh oder später kehrt zurück
Ein jugendheiteres Empfinden,
Doch ist's nicht mehr das alte Glück!

Wie sieht sich schon in frühen Jahren
Das Leben, ach! so anders an,
Hat erst das arme Herz erfahren,
Dass es sein Weh verschmerzen kann.

Amélie Linz-Godin.

Klage und Bittschrift der Vöglein

an Dr. M. Luther, als dessen Diener einen
Vogelherd errichten wollte.

(Nach einer Humoreske Luthers in Prosa.)

Wir Amseln, Drosseln, Stiegelitzen
Und andern frommen Vögelein,
Die harmlos auf den Bäumen sitzen
Und frei durchschweifen Wald und Hain:
Wir fügen Eurer Lieb' zu wissen,
Wie glaublich uns zu Ohren kam,
Dass Einer, Eures Dienst's beflissen,
Uns nachstellt sonder Scheu und Scham.

Begriffen auf der grossen Reise
Nach Rom, die längst beschlossen ist,
Berührt in altgewohnter Weise
Der Vöglein Flug auf kurze Frist
Auch Wittenberg, denn Thürm' und Mauern
Gewähren uns erwünschten Schutz,
Wenn wir des Herbstes Wetterschauern
In hoher Luft geboten Trutz.

Vielmüde Wandrer müssen rasten,
Und Wittenberg, die gute Stadt,
Die uns schon oft nach Sturm und Fasten
Gastfrei ihr Brot gespendet hat,
Sie sollt' auch diesmal alma mater
Der flügelmatten Sänger sein,
So hofften uns're Reichsberather,
Und gläubig stimmte Alles ein.

Da, wehe! schlug an uns're Ohren
Die Kunde: Doctor Luthers Knecht
Hat Euch und Allen Tod geschworen
Vom flügeltragenden Geschlecht.

Ein Finkenherd wird jetzt errichtet
Von ihm in jener guten Stadt,
Ein Bau, der unsern Muth vernichtet
Und Seufzer uns erpresset hat.

Wie mag doch unser froh Gewimmel
Erwecken Zorn in Eurem Knecht?
Zum Fliegen gab uns selbst der Himmel
Die Flügel — das ist unser Recht.
Wie mag er grimmig uns verwehren
Zu lesen Körnlein zart und klein,
Die Gott gestreut hat dem Begehren
Der Menschen und der Vögelein.

Und gar nach unserm Leib' und Leben
Zu trachten, das ist freventlich.
Wir möchten gern ihm Ehre geben,
Doch unser Reichstag weigert sich.
Wer solcher gräulichen Beschwerung
So unverdient uns ausgesetzt.
Dem weiht kein Finke mehr Verehrung,
Der lebend noch den Schnabel wetzt.

Verdammlich sind die Raubgesetze
Des rauhen menschlichen Geschlechts,
Verdammt die mordbegier'gen Netze
Und Sprenkel Eures bösen Knechts.
Drum geht an Eure Lieb' die Bitte,
Ihr möchtet wehren seinem Thun
Und ihn nach mancher Christen Sitte
Bis Morgens acht Uhr lassen ruhn.

Vorher doch möcht Ihr ihn bedeuten,
Viel Korn zu streu'n auf seinen Herd.
Vor acht Uhr wollen wir's erbeuten
Und weiter reisen unversehrt.

Und sollt' er schwer sich nur entschliessen
(Weil er auf Raub und Mord bedacht,
Die selt'ne Wohlthat zu geniessen
Und süss zu schlummern bis um acht:

So sollen Mäuse ihm und Ratten
Und andres lästiges Gethier
In dieser Nacht nicht Schlaf gestatten
Und plagen ihn bis früh um vier.
Dann soll er vor Ermattung sinken
In Schlummer, kenntlich schon am Ton,
Bis allen Amseln Drosseln, Finken
Die gute Stadt im Rücken schon.

Viel klüger wär's, er führte Kriege
Mit Dohlen, Elstern, Spatzen auch,
Damit ihr ganz Geschlecht erliege,
Denn Stehlen ist ihr finst'rer Brauch.
Sie könnens einmal nimmer lassen,
(Daran ist wohl Erziehung schuld)
Die mag er unsertwegen hassen,
Denn die verdienen keine Huld.

Drum hört uns Herr, o ehrenfester,
Der doch liebt Wein, Weib und Gesang,
Und manchem Freiheitsluftverpester
Schon selbst ein trutzig Liedlein sang;
Der auch nach einer Prophezeiung
Vom Glaubenskämpfer Johann Huss
Als Schwan (wir bitten um Verzeihung)
Die schnöde Welt durchsegeln muss.

Bemerkt: Ihr seid mit uns verbunden,
Strauss, Sperling, Finke oder Schwan
Sind all' als Vögelein erfunden
Und lassen keiner gern sich fah'n.

So zeigt es nun durch Eure Thaten:
Ihr seid für uns! Wo nicht, bedenkt:
Wir können Euch in Rom verrathen,
Wo man der Christen Schicksal lenkt.

Drum wird die Schrift an Eure Lieben,
Die auf rechtmässige Vernunft
Begründet, jetzo unterschrieben
Vom Oberhaupt der Finkenzunft.
Und wollt Ihr Eurem Diener wehren,
So schenk' Euch Gott Gedeihn und Korn,
Er woll' Euch Flüglein auch bescheeren
Und schützen vor des Fängers Zorn.

Gegeben heut' in unsern Sitzen
Auf einem rothbelaubten Strauch,
Von Amseln, Drosseln, Stiegelitzen
Und Finken unterzeichnet auch;
Und mit dem Siegel, dem bekannten,
In aller Rechtesform versehn,
So lassen an den Obgenannten
Wir hoffend diese Bittschrift gehn.

Postscriptum! Eure Antwort haben
Wir wohl eh's dunkel wird im Hag.
Soll sie uns mit Erfüllung laben,
So pfeift Euch Eins am Nachmittag.
Und wollt recht sehr die Lippe spitzen
Und pfeifen kräft'ge Melodein,
Ein Secretär der Stiegelitzen
Wird lauschend in der Nähe sein.

Kaum war die Bittschrift eingegangen,
So pfiff der edle Luther auch,
Und rief: „Die kleinen, muntren Rangen
Bedrohen meiner Lunge Hauch.

So pfeift und singt nur mit Behagen.
Durchtönt die Luft und habet Dank.
Den bösen Feind will ich verjagen
Und letzen Euch mit Speis' und Trank.-

„Dann zieht nur hin. wo List und Tücke
Verderben sinnt am Tiberstrom:
Doch Eure Drohung nehmt zurücke.
Wir hegen keine Furcht vor Rom.
Wort Gottes hilft aus allen Nöthen.
Das kündet laut im Vatican:
Kein Bannstrahl kann die Wahrheit tödten.
Das Wort sie müssen lassen stahn!

Anna Löhn-Siegel.

Eine nicht wegzuleugnende Eigenheit unserer
lieben Deutschen. dass sie sich aus Litteraturgeschichten
ihr Urteil über Dichter und Denker erholen, statt
ihre erleuchtenden Geister an der Quelle aufzusuchen,
ist nicht eben fein. Eher schon wollen wir uns eine
herzliche Theilnahme an der Persönlichkeit des
Schaffenden gefallen lassen: und wenn zu den wesent-
lichen Stücken der Persönlichkeit ihre Handschrift zählt,
so hat auch die zuweilen bespöttelte Sitte der Auto-
graphen-Albums ihre tiefere Berechtigung.

Peter Lohmann.

Verständniss.

„Wer den Dichter will verstehn,
Muss in Dichters Lande gehn." —
Dichters Lande — Gottes Reich:
Beide sind einander gleich.
Beide nicht von dieser Welt,
Die sich selbst für wirklich hält,
Aber schmachvoll hinterdrein
Sich erweist als eitel Schein.
Aus der Erde Schmutz und Staub,
Alle dem, was Todes Raub,
Lässt sich einzig nur ersehn,
Wie zu Grunde Geister gehn.
Doch der Dichter lebt im Licht,
Sieht den eignen Schatten nicht.

1883.   Oswald Marbach.

Aus meinem Merkbuch.

I.

Je kleinlicher die Kleinen sind,
   Je grösser scheint das — Kleine ihnen:
Der Mittelmäss'ge sucht drum gern
   Sie auf, den Kranz sich zu verdienen.
So findet denn mit feinem Näschen
   Ein jedes „Häschen auch sein Gräschen."

II.

Lass den Schlechten ihr Erlisten,
   Und den Narren ihr Narriren,
Denn dann wirst du dich nicht ärgern
   Und dein Leben konserviren.

Fühlst du aber mit der Menschheit
  All ihr Leid in deiner Brust,
Musst du mutig für sie kämpfen,
  Weil's dich dränget, weil du musst!

Treffen dich auch spitze Pfeile
  Auf dem Wege Schritt für Schritt,
Denke, dass so mancher Gröss're
  Als du bist — dasselbe litt!!

III.

Wo Kameradschaft, Protection,
  Reclame sich vereinen,
Da sieht man häufig „kleines Volk"
  Als — Riesenschaar erscheinen!

Die Zeit jedoch, mit ihrem scharfen Hauch,
  Sie trocknet aus die falschen Meister!
Zusammen schlottern sie in Nichts
  Sobald zerstäubt der Lügenkleister! . . . .

Salzburg, im November 1883.   **Dr. Märzroth.**

Wort und Ton.

Der Ton spricht tief zur Seele eines Jeden,
Dem Wort lauscht nur des eignen Volkes Ohr,
Der Ton ist Muttersprache jenes Eden,
Das einst der Mensch durch seine Schuld verlor:
Der grossen Dichter hehre Poësieen
Verhallen spurlos in des Mimen Zelt;
Der grossen Meister ew'ge Melodieen
Sind Eigenthum, Verständnis dieser Welt.

Mehr als das Wort vermag Musik zu schmeicheln,
Die einz'ge Kunst, die Alles nur verschönt:
Das Wort allein, nicht die Musik kann heucheln,
Das Wort beschwichtigt, die Musik versöhnt;
Der Melodie steh'n aller Herzen offen,
Die Frohen, wie die stiller Kummer drückt,
Das Wort lehrt glauben, die Musik lehrt hoffen,
Das Wort begeistert, die Musik entzückt.

Eduard Mautner.

Ghaselen-Ruf

an

Eisenach und seine Lutherburg.

Wie rauscht so klar, o Eisenach,
Dein Flurenquell im leisen „Ach!"
   Gar lieblich ahmt dein Echoklang
Der Nachtigallen Weisen nach,
   Und traulich hangt im Buchenlaub
Des Finken und der Meisen Dach. —
   Doch nahbei ragt die feste Burg,
D'rauf Gott's Hand lang noch weisen mag.
   Die Felsenwiege ist's, darin
Die Geisterwelt im Kreisen lag!
   Draus stieg, urkernig deutsch, der Held,
Dess' Wort traf stark wie Eisenschlag,
   Dess' Aug', ein Stern in dunkler Nacht,
Verkündete der Weisen Tag!
   Er, der da treu voll Glaubensmuth
Mit Frömmelei nicht gleissen mag,
   Und faulen Unkrauts üblen Wuchs
Starkfäustig auszureissen pflag.

Doch wie auch Pfaff und Finsterling
Ihn giftig scharf umkreisen mag.
Der Sieg ward sein, die Ernte schwoll
Fruchtreich nach manchem heissen Tag! —
Drum Muth! O Muth nur, neue Zeit,
Du, die schon manch' ein Eisen brach.
Bleib glaubensstark, dass nicht der Feind
Den Segen dir entreissen mag!
Halt' fest am Geist der Gottesburg,
Der Lutherburg bei Eisenach!

Dresden, 10. Nov. 1883.   **Richard von Meerheimb.**

Requiem.

Bei der Abendsonne Wandern,
Wenn ein Dorf den Strahl verlor,
Klagt sein Dunkeln es den andern
Mit vertrauten Tönen vor.
Noch ein Glöcklein hat geschwiegen
Auf der Höhe bis zuletzt,
Nun beginnt es, sich zu wiegen —
Horch, mein Kilchberg läutet jetzt.

Kilchberg bei Zürich, 30. Juni 1883.   **Conr. Ferd. Meyer.**

Ode CCLVIII.

An einen Stubenhocker.
1883.

Schön und prachtvoll breitet umher die Mutter
Erde rings ihr buntes Gewand, wohin du
Deinen Schritt auch wendest, in ihrer Thäler
    Blumige Falten.

Oder auf ihr Busengewölb, die Berge!
Ihre Füss' umbrandet das Meer, mit dessen
Blau du siehst wettstreiten das Dach des Himmels.
    Welcher die Sterne

Schlafen schickt tagtäglich hinab in dieses
Wasserbett. Auf, eile hinaus und schaue
Bald empor auf Höhen und bald von Höhen
    Staunend hinunter!

Also ruft mitleidig ein Freund des Schönen
Seinem lehnstuhlhütenden Freund entgegen.
Der daheim sitzt. Dieser indess erwidert
    Müd und verdriesslich:

Angepflöckt gleich Geissen im grünen Garten,
Kann ich, traun, nicht weiter die Schuhe setzen.
Als der Strick reicht, welcher mich festgebunden
    Hält an die Scholle!

Johannes Minkwitz.

Murre nicht!

Murre nicht, wenn Leidensschatten
Deine Seele bang durchgrauen!
Will dein Muth verzagt ermatten,
Nach dem Himmel musst du schauen!

Würde Tag um Tag vergehen
Golddurchglänzt vom Strahl der Sonne,
Nimmer könntest du verstehen
Tief des Lichtes hehre Wonne.

Gott reicht dir den Kelch der Leiden.
Recht die Freude zu ermessen.
Und am Glück lässt er dich weiden,
Bittres Wehe zu vergessen.

Ob die Wolke auch verhülle
Schwarzumflort des Tages Leuchte,
Birgt sie doch des Segens Fülle,
Dass die Erde sie befeuchte.

Trage, Herz, in tiefer Demuth
Jeden Harm, der dich umnachtet.
Wirst erkennen, dass die Wehmuth
Gott zum Heile dir erachtet!

Ewald Müller.

Wach auf!

Wach auf! Die Erde mait,
Wach auf!
Nun Herz vergiss dein Leid!
Gott will den Lauf
Der Jahreszeit.
Dein Winter wird auch enden;
Zum Lenz wird Gott ihn wenden;
Drum Herz, wach auf!

Cottbus, 10. Juni 1881.   Ewald Müller.

Im heiligen Lande.
(Nach Reimar dem Alten.)

Mir soll — ich ahn's — ein Glück gescheh'n,
Wie: Rückkehr. Heimfahrt. Wiederseh'n.
Frühnebeln gleich zergeht die Pein;
Die Seele wittert Sonnenschein.
Der frohe Muth auf Falkenweise
Erhebt die Schwingen schon zur Reise.
Und find ich wieder, was ich liess,
Als mich der Wind von dannen blies?
Den schmalen Steig zum Lindengrund.
Die schlanke Hand, den rothen Mund?
Das goldne Herz, das, vom Valet
Noch wund, um mich in Sorgen steht?
Dass sie in Kummer nicht vergeh',
Hilf du, Gebietiger der See!
Erscheinen lass uns, sei bereit,
Des Wiederfindens Seligkeit.

Dann schmilzt ihr Leid, ihr Gram zerfliesst,
Wenn wieder sie mein Arm umschliesst.
Und wenn sie dann zur Dämmerstund'
Sich selig drängt an meinen Mund,
Dann mag ein Wunder noch gescheh'n:
Die flüchtig rückt, die Zeit -- soll steh'n!

Wilhelm Müller-Amorbach.

Im Baumgarten.

(Nach Herzog Jan von Brabant.)

In der Maienzeit geschah's,
Früh im Dämmerlicht;
Wollt im thaubehängten Gras
Kühlen das Gesicht.
Fand drei schöne Fräulein steh'n,
Frisch, wie grünes Kraut,
Und aus ihrem Munde geh'n
Hört' ich süssen Laut.
Fand solch Mädchenkleeblatt nie,
Wie ich's damals sah.
Wechselweise sangen sie:
        Harbalorifa.

Aepfelzweig und Grashalm lag
Klaren Thaues voll.
Und wie Nachtigallenschlag
Der Gesang erscholl.
Lautlos löste sich vom Holz

Duft'ger Blüthenschnee,
Und das Herz im Leibe schmolz
Mir vor Lust und Weh.
Leise, mit verzagtem Schritt
Kam ich ihnen nah,
Leise, leise sang ich mit:
    Harbalorifa.

Zu der Schönsten schlich ich so
Mit dem Mündlein klar,
Fing sie unversehens, wo
Sie am schmalsten war.
Ihre Wangen flammten hell,
Doch ihr Mund war stumm,
Als den blonden Kopf ich schnell
Bog zu mir herum:
Zog sie nah' an meinen Mund,
„Sachte!" sprach sie da.
Küsste sie aus Herzensgrund:
    Harbalorifa!

Wilh. Müller-Amorbach.

Wettschlag.

O wär' mir's eines Tags vergunnt,
Dir stumm zu küssen deinen Mund
Mitten im Plaudern und Kosen.
Gern liess ich fahren um Winter und Schnee,
Das schimmernde Laub, den sprossenden Klee
Und die tausend duftenden Rosen.

Und wärst du mir um den Frevel gram
Und heischtest wieder, was ich nahm.
Ich wollt' es gern erstatten:
Ich gäbe zurück dir, was ich stahl,
Ich schlüge dir's wett viel hundertmal
Im kühlen Lindenschatten.

Wilh. Müller-Armorbach.

Sehrende Liebe!

Sehrende Liebe   der wilden Nessel
Ist sie vergleichbar. Sei auf der Hut, Kind!
Ach, nur Goldensonntagskindern
Winken und weben aus Sengen und Brennen
Hilfreiche Feien das Hochzeitslinnen.

Und aber — sie gleicht dem See in der Sage:
Sein Antlitz blüht in lauter'm Blau.
Und Rosen schwimmen auf seinem Spiegel.
Wie Viele, die Rosen brechen wollten,
Sind in der Tiefe lautlos versunken.

Sie gleicht dem wilden, verzauberten Wald:
Er lockt dich an mit süssem Gesang,
Er zeigt dir ein liebes Bild im Gebüsch.
Er nimmt dich rauschend in seine Arme,
Und du verschwindest — auf immer — spurlos.

Wilh. Müller-Amorbach.

Die edelsten und muthigsten Handlungen gewinnen oft für den, der ihre inneren Beweggründe nicht kennt, den gegentheiligen Character, und was dem Eingeweihten als Heldenmuth und seltene Tugend des Herzens erscheint, findet bei dem Fernstehenden mit der Verkennung den bittersten Tadel; besonders wenn die Sache, um die es sich handelt, das politische Gebiet streift, wo dann der Philister sofort mit seiner gerechten Entrüstung bei der Hand ist, seine Verdienste um Gott, König und Vaterland glorios auf Kosten von jenem zu dokumentiren.

Stuttgart, 10. November 1883. **Otto Müller.**

Zeitgeist — Geist der Zeit.

Ein Zug allgemeinen Missbehagens und allgemeiner Unzufriedenheit geht durch unseren ganzen Erdtheil: wir sehen die Staaten der Zersetzung entgegenstreben, wie die Individuen den Zeitübeln anheimfallen. Uebeln, die weniger von der Zeit gezeitigt wurden, als dass sie dieselbe gerade zu dem machten, was sie heute ist: die Zeit, die neben der höchsten wissenschaftlichen Aufklärung von der tiefsten Verblendung am Gängelbande geführt wird, die neben der Negation alles Bestehenden das Gewesene auf einen Götzenthron erheben möchte, um anderseits den uneinschränkbar - wilden Trieben fröhnend die Ungebundenheit auf jedem Gebiet zu proclamiren; eine Zeit, die uns neben den Errungenschaften der Electricität, welche unserm Jahrhundert den Beinamen zu geben bestimmt sein sollten, die

Schrecken des Dynamits um uns verbreitet. Diese
janusköpfige Zeit kann nur durch die Erkenntniss ihrer
innersten Schäden gebessert werden. und durch kaltes
Blosslegen aller sie bedrückenden Calamitäten sind wir
im Stande jenen Ahasverusfluch von ihr zu nehmen.
der sie hastvoll-rastlos weiter treibt. einem unbestimmten
Ziel. einem undefinirbaren Etwas entgegen. das wohl
Völkerglück heissen könnte. wenn es nicht Völker-
elend wäre. —

„Was ist Wahrheit?" klingt noch heute die Pilatus-
frage in alle Volksbeglückungstheorieen hinein. von
denen jede glaubt. dass auf ihr der Himmelssegen ruhe.
und dass es nur eitle Menschenverblendung sei. wenn
sie nicht allgemein anerkannt wird. Ja wer hat Recht?
Die Heiligen und die Tollen. welche unsre Anschauungen
auf das Niveau allgemeiner Plattheit und Ideenlosigkeit
zurückschrauben möchten. oder diejenigen. welche für
die grosse Masse die Selbstverwaltung verlangen?

Ungestraft hat noch Niemand den Schleier vom
Bilde zu Sais gelüftet. unangefeindet ist noch kein neuer
Gedanke bahn- und schrankenbrechend aufgetaucht.
unverfolgt und unverdammt hat bis jetzt noch Niemand
das Geheimniss des Glücklichmachens und Glücklich-
werdens zu durchdringen gesucht. indem er seinen
Ansichten beredten Ausdruck verlieh. und lange wird's
noch währen. ehe eine Aenderung eintritt. aber sie
wird kommen mit Macht und mit Kraft und mit
Energie und mit Muth und mit Zähigkeit und Erfolg!
— Wer sie aber bringen wird? Das ist das Sphinx-
räthsel und mehr wie Einer wird noch den tarpejischen
Fels hinuntergestürzt werden. ehe er das Sesamwort
findet. das Wort, bei dessen Klang der morsche Staaten-
bau in seinen Grundvesten erzittert. das aber auch die
Sprengpartei auseinandersprengt. An Versuchen. es
uns schon jetzt zu verkünden. hat es nicht gefehlt. in

beiden Lagern werden von den ersten Rednern Reden über Reden gehalten, die das Volk von seinem Heil überzeugen sollen, nennt man unser Jahrhundert doch mit Recht: „Das Zeitalter der abgedroschnen Phrase“. All die schönen Reden verhallen jedoch, sobald sie beendet, und der Applaus, der ihnen von den Hörern ward, prägt sie nicht tiefer in die Herzen ein, verwirrt nur die Gedanken, kränkelt den letzten Rest gesunden Menschenverstandes an, und: „Was sollen wir thun, wohin sollen wir gehen?“ wird hin und her gezweifelt — und geirrt. Dass Vieles zu verbessern und zu ändern nothwendig ist, ehe die Hoffnung auf Amelioration unserer heutigen Zustände Wurzel fassen kann, sieht Jeder selbst ein, der die Tagesgeschichte nur einigermassen verfolgt; an allen Ecken blitzt und wetterleuchtet es einer andern Zukunft entgegen, überall in Europa zeigt man, dass der Tag eines gewaltigen Erdbebens nicht fern sei, und wie in der Natur die elementaren Ereignisse ihre Vorboten haben, so betrachtet man auch das fortgesetzte Wühlen und Agitieren als einen Mahnruf an Alle, die sich mit sozialreformatorischen Plänen beschäftigen. Wie das Mene Tekel am Belsazarpalast, so ist die Flammenschrift der terroristischen Bestrebungen an alle Parlamentspforten, an alle Zusammenkunftsorte des Volkes geschrieben, und ist es gewiss nicht unwichtig, der Hand nachzuspüren, die so wunderbar zu zeichnen versteht und die Misère ganz Europas so scharf illustrirt, dass diese Bilder mehr als Kanzel- und Kathederreden sprechen, denn sie sind die Predigt von Millionen zu Millionen, nicht nur der blossen Gegner der Ordnungsparteien, sondern der Notleidenden in allen Ländern. Ein gütiges Geschick hat uns bewahrt, dass wir in der engeren Heimat von solch' fanatischen Exzessen verschont blieben; dass es auch ferner der Fall sei, lasse sich Jeder angelegen sein. indem er als erste Pflicht die wahre Menschlichkeit übt. welche darin besteht, dem darbenden Nächsten zu helfen und beizustehen. wo immer es geht. damit sich die Segnungen der Cultur nicht in ihren Fluch verwandeln. Wo unverschuldetes Elend. Kummer und Sorgen auf Linderung hoffen können. kann der revolutionäre Geist nicht eindringen. und ist also die beste Waffe gegen den drohenden Terrorismus. die Schrecken des Kampfes um das Dasein abzuschwächen. zu mildern; es zeigt sich als grösster Patriot. wer sich als opferfreudigster Menschenfreund erweist und wirkt dabei das „Scherflein der Wittwe" oft mehr Wunder, als die monumentalen Stiftungen des Millionärs. Möge in solch patriotisch-humanitärem Sinne auch dieses Buch mit helfen, damit unser aller Lebensziel: „Zufriedenheit" mehr und mehr erreicht werde. denn der Wohlstand des Einzelnen ist die Befestigung des Staates. —

Dazu helfe uns Gott!

Dresden, am 5. Nov. 1884.   Jenny Nereschko.

Ich liebe dich.

Hast Du ein kleines
Liedchen für mich?
Wohl hab' ich eines:
Ich liebe Dich.

Seltsam im Anfang.
Seltsam zum Schluss.
Anfang — ein Lächeln.
Ende — ein Kuss.

Anna Nitschke.

Den Mitleidigen.

Bringt ihr Thränen nur entgegen,
Dort, wo ob der Noth sie fliessen,
Ist's, als wolltet ihr im Regen
Blumen mitleidsvoll begiessen.

Anna Nitschke.

Vor dem Bilde des Geliebten.

Dein Herz hat Treue nicht gekannt.
Nur wandelbares Lieben.
Du hast dich von mir abgewandt,
Dein Bild ist mir geblieben.

Das schaut so frisch und farbensatt.
Als könnt' es nie verblassen.
Dies einst so heissbegehrte Blatt
Mag ich noch heut' nicht lassen.

Und jeden Tag fleh' ich auf's neu,
Dass Gott sich dein erbarme.
Du bist ja doch, weil ohne Treu,
Viel ärmer als ich Arme.

Anna Nitschke.

Am Meere.

Was da bei dem zufälligen Aufblick von dem Rasenplatze, den gelbe Blumen schmücken, wie wir sie im Süden schon im April gehabt haben, durch die niedere Allee hindurch das Auge trifft, es ist trotz der gleichen graublauen Farbe nicht der Himmel, es ist das Meer, das Meer!

In der That, einzig dieses ewige Meer vermochte dem in tiefster Bewegung doch immer ruhigen und in innerer Ruhe doch tief bewegten Gemüthe zu entsprechen, das, dem erhabenen Eindrucke der Aufführung des „Parsifal" in Bayreuth entrückt, sein selbst wiederzufinden und dadurch auf's Neue auch dem Wechsel des Lebens anzugehören trachtete.

Wie blickten doch die Gesichter, die nach dem Festspiele, das dieses Bühnen-Haus für immer den höchsten Idealen geweiht hat, die weihevolle Darstellung verliessen! Man braucht nicht viele solcher menschenverbindenden Festversammlungen, als welche sich auch die herkömmlichen mannichfachen Sänger- und Musikfeste betrachten, persönlich miterlebt zu haben, um sogleich den entscheidenden Grundunterschied zwischen beiden Erscheinungen zu bemerken: hier Alles unruhig vorstrebendes Verlassen des Raumes, um nun nur rasch zu der alles wieder nivellirenden geselligen Vereinigung zu gelangen, die leider bei der Mehrzahl der Besucher eines solchen Festes dasselbe erst zu einem Feste macht: dort ruhiges Gebahren, Schweigen, und in den Gesichtszügen Stille, ja Andacht, die ein seltsam empfindungsreiches Erinnern des gemeinsamen stillen Ausganges aus der Kirche erweckte, wenn die Orgel erklang und noch einmal zum guten Schluss dem Gemüthe den

letzten Sinn des beendeten Gottesdienstes in sanften
oder auch erhabenen Tönen tiefer einprägte.

Nie nach einer künstlerischen Vorstellung haben
wir den tiefbeseligten Zustand, jenen inneren Frieden,
der über der Welt Freuden geht, so allseitig aus den
Zügen der dem Feste Beiwohnenden wiederstrahlen
sehen, wie nach Beendigung dieser Parsifal-Aufführung.
Wie hoch erhaben steht doch solches völlig absichts-
lose Aufnehmen der höchsten Ideen über all dem so
absichtsvoll conventionellen Darreichen dieses letzten
Inhaltes unseres Denkens und Fühlens da, wie es zum
Beispiel die englische Hochkirche und nur zu oft auch
der katholische Cultus zeigt! Keiner wohl der zahl-
reichen Zuschauer, die diese letzten Vorstellungen in
Bayreuth besuchten, kehrte in seine Eigensphäre anders
zurück als mit dem Gefühle, dass es wohl werth sei
des Tages Mühe und des Jahres Last zu tragen, wenn
der letzte Erfolg aller gemeinsamen Bestrebungen sich
in einem solchen Bilde dessen verkörpert, was uns
Alle über den Wassern erhält. Alle sah man verändert,
verwandelt, oder wenn sie es nicht waren, waren sie
nicht dagewesen, hatten ihr besseres Theil daheim ge-
lassen. O wie beglückt erschien nun derjenige, der in
die enge Ackerfurche sofort zurückzukehren nicht ge-
nöthigt war, sondern auch fernerhin frei dem frei-
bewegten Dasein angehören durfte, das uns in diesem
Weihefestspiel entgegengetreten war wie dem lebens-
gedrückten, trübe Nächte durchwachenden Faust die
„Fülle der Gesichte" und die Engelsstimmen in der
Osternacht! Wie doppelt beglückt, wer die ewige Bewegung und ewige Ruhe dieses höchsten geistigen
Daseins in einem sinnlich geschauten Bilde sich so zu
sagen innerlich fortsetzen konnte! Das Hochgebirge
oder die See, dies war dabei die Losung. — uns warf
das Loos das Letztere zu, und wie ganz und gross ist

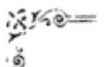

die See an solchem Nordseestrande, an dem der fernste Blick in die unabsehbare Weite des Weltmeeres streift!

Aber gerade hier lechzte die Seele auch nach der inneren Ausgleichung durch das volle Geniessen der Ruhe in der Bewegung: auf der höheren Düne des Strandes liegend siehst du die Wolken ziehen, hörst du den unermüdlichen Wogenhall der Brandung, lässt unablässig die Woge die Woge trinken und versinkst selbst allmählich in jenes Allvergessen und Allgedenken, in dem Liebe, Duldung, Gerechtigkeit waltet gegen alles, was ist, sich regt, sich lebend bethätigt. „Der Rest ist Schweigen“. — aber dieses Schweigen ist so beredt, dass alles Gespräch der „Welt“, die da unten am Strande buntgeputzt dahinwandelt, dagegen wie die Stille eines einsamen Fischer- oder auch gemeinsamen Todtenhauses erscheint.

Wie hat doch gerade Wagner das Meer geliebt! Das Meer erschloss ihm das Allgefühl des Lebens. Zuerst als Sinnbild der Stürme des menschlichen Daseins, in dem wir trotz des uns innewohnenden unauslöschlichen Sehnens nach einem ruhigen Sein ausharren, dasein müssen, bis dieselbe unerbittliche Macht, die uns hineingesetzt, uns daraus erlöst! Das „fabelhafte Heimweh“ des fliegenden Holländers, dieses Typus alles „Heimwehs zu Gott“, wie man den Kern und letzten Inhalt des Lebens, das religiöse Gefühl genannt hat — wo fand er, wo verstand er ihn? In dem Sturmesgeheul und Wogengetriebe der norwegischen Schären vernahm er zu vollem Erfassen und Verstehen diesen schmerzlichsten Sehnsuchtslaut der Menschenseele, die aus den Armen des fesselnd zwingenden Daseins- und Sinnentriebes sich nach der Freiheit des ewigen Seins im Tode sehnt, in den alles vergängliche Dasein zu süssem Schlummer sich absenkt.

„Die Frist ist um und abermals verstrichen
Sind sieben Jahr'. Voll Ueberdruss wirft mich
Das Meer an's Land. Ha. stolzer Ocean,
In kurzer Frist sollst du mich wieder tragen!
Dein Trotz ist beugsam. doch ewig meine Qual!"
Der meermüde Odysseus, wie er aus den Armen der
Kalypso sich heimwärts zu dem Frieden des Hauses
sehnt, hatte ihm die Spur gezeigt zu diesem „Ewigen
Juden des Meeres", und tief tauchte ihm aus der gleichen
unersättlich begehrenden und unerbittlich zerstörenden
Fluth der Sinnenleidenschaft ein Menschenalter später
Kundry, die wilde Woge auf, die endlich sterbend
an dem unvergänglichen Felsen des Bewusstseins dieser
ewigen Vergänglichkeit, an dem erlösten Parsifal selbst
erlöst sich bricht.

Dass der fliegende Holländer ursprünglich als Hel-
Länder die Todesbarke über's Meer gen Hel, dem Berge
alles Vergänglichen führt. dies wurde Wagner erst
später bekannt, als sich sein eigener Horizont über den
des blossen Meeres und unserer engen Geschichts-
anschauung erweiterte; und auch im Hörsel-, das
heisst Orgelusenberg der Tannhäusersage ersah er sich
erst mit den eingehenden Studien über Siegfried und
den Sonnenmythus das Meer des Lebens. in dem der
Held, der Mensch, das Individuum zum Nichtmehrsein
oder vielmehr zum Vergessen seiner selbst versinkt.
Wie unendlich viel tiefer und dadurch erhebender
bildete er dieses irdische Verhältniss aus als H. Heine,
der am Meere sich an den Thränen des Weibes, das
heisst an der eigenen Unersättlichkeit der Begierde
vergiftet!

Aber erst welchen Ausblick in ein unendlich reines,
klares, ewig glückliches Sein gewährt das Bild des
wonnigen Helden, der da von dem Meere, dem endlosen,
in diese Enge des Menschendaseins hineintritt, um ihr

das selige Dasein zu bringen, von dem ihr ewig träumt!
Der schöne Ritter, der auf dem vom Schwane gezogenen
Kahne die in's Meer mündende Schelde hinaufzieht,
um dem Angstruf der verfolgten Unschuld zu Hülfe
zu kommen, ist er nicht ganz das Bild der Sehnsucht
nach dem Ideal, das uns Alle am Leben erhält, bis die
Sternennacht die Fackel des Tages auslöscht? Auch
dieses Bild konnte nur erschauen, diese Lohengrin-
Gestalt konnte nur erschaffen, wer das Meer kannte,
das blaue Meer, an dessen fernem, fernem Horizont
Himmel und Erde, vergängliches Dasein und ewiges
Sein vor unseren Augen in Eins zusammenfliessen.

Wie steht doch so allüberall gerade Wagner's
Schaffen vor unsrer Seele, wenn wir am Meere weilen.

„Mit Gewitter und Sturm aus fernem Meer,

Mein Mädel, ich bin dir nah'!

Ueber thurmhohe Fluth vom Süden her,

Mein Mädel, ich bin da!-

singt der Steuermann des Holländers, und wie pfeift
und saust, klingt und braust in diesem Werke und in
„Tristan und Isolde" alles nach der See und ihren
Eigenlauten in den Elementen wie im Menschengebahren
bei Beherrschung derselben! Aber nicht diese äussere
Physiognomie des Meeres ist es, was uns so tief und
so dauernd an diese Werke fesselt. Wie sicher leitet
sich gerade beim Anblick des Meeres unsere Seele wie
von schönsten Träumen umfangen und gänzlich der
Aussenwelt entrückt in dasjenige Gebiet über, in dem
Wagner sein eigenstes Poesieleben fand, und aus dem
sich sein besonderstes künstlerisches Schaffen gebar.
„Selig gilt dir mein Gruss!" — dieser Zuruf der
sterbenden Brunhilde an Siegfried war das Gefühl,
das unser Herz so wonnig-wehmuthsvoll ergriff, als wir
unmittelbar nach dem Bayreuther Erlebnisse in leuch-
tendem Abendglanze das Meer erblickten, dieses Abbild

des sich stets gleichen Menschenlebens, das so ewig bewegt ist von der Sehnsucht nach dem wirklich Ewigen, wie es uns keiner der Künstler unsrer Zeit tiefer und mehr zum Heile unseres gesammten Daseins nach seinem wirklichen Bestande, in Jammer und Tod wie in Wonne und Erlösung gezeigt hat, als der Meister von Bayreuth. Der fliegende Holländer, der im furchtbarsten Lebensdrange daherstürmende und ersterbende Wodan, der in Sehnsucht vergehende Tristan, aber auch der den Wogen entsteigende Schwanenritter, der dem menschlichsten aller Triebe, der Liebe, sich beugt, und Siegfried der wonnige Held, der das Ruder kräftig gegen den in's weite Meer fluthenden Rheinstrom rührt, alles ersteht uns in diesem Anblick des Meeres als des mächtigsten Lebenssymboles innerlich wieder und führt uns auf ihn, auf denjenigen Künstler, der durch sein hehres Schaffen uns die tiefsten Ahnungen und Träume des menschlichen Innern zur lebendigen That und Wahrheit gemacht hat und dadurch dem Geiste einen Jungbrunnen des Ideals erschuf, wie nur je das Meer den Leib auf seinen Grund- und Gesundheitsbestand zurückzuführen vermag. Heil diesem wahren Siegfried der Nation auch am fernen Nordseestrande!

Norderney, im Aug. 1883.   **Ludwig Nohl.**

Ich bin bereit.

Ich bin bereit! willst du hinweg mich rufen
Von dieser Erde, nimm mein Gott mich hin.
Der Tod ist meiner Seele ja Gewinn.
Er führt empor zu neuen Lebensstufen.

Die mächt'gen Schöpferworte, die mich schufen,
Die mich erfüllt mit selbstbewusstem Sinn —
Sie werden seit der Welten Anbeginn
In einem ew'gen Echo fortgerufen.

Sie tönen, wirken fort ohn' End', ohn' Ende
Rings in dem Riesenpulsschlag der Natur
Als immer neu verjüngte Lebensspende.

Und über mir, im himmlischen Azur,
Dort, wo auch meines Geistes Sonnenwende,
Kann nicht verwehen ihre heil'ge Spur.

Leipzig.   Louise Otto.

Waldvöglein.

Waldvöglein singt in Baum und Strauch
Von Liebe, Lenz und Blüte;
Das dringt wie sanfter Frühlingshauch
Hinein mir in's Gemüte.

Gedenken muss ich still dabei
Der goldnen Jugendtage,
Wo ich, noch jung und sorgenfrei,
Geträumt im Buchenhage.

Nun mahnt des Vögleins weiches Lied
An jene Zeit mich wieder! —
Durch meine tiefste Seele zieht
Ein Traum verklungner Lieder. —

Johann Peter.

Tröste dich!

O tröste dich, geprüftes Herz,
In sorgenvollen Tagen,
Des Lebens bittren Gram und Schmerz,
O wolle still ihn tragen!

Nicht immer giebt es Sonnenschein;
Gewitter, Sturm und Regen,
Die machen erst die Lüfte rein
Und spenden dann viel Segen.

Und so auch läutern Schmerz und Leid
Des Daseins Freudenquelle,
Die Sonne der Zufriedenheit
Strahlt dir dann doppelt helle.

Johann Peter.

Waldglocken.

Tausend Glocken klingen
Aus dem grünen Wald,
Leis ihr holdes Singen
In den Lüften hallt.

Sehnsuchtmächt'ges Drängen
Tief im Herzen drin
Zieht nach diesen Klängen
Mich gewaltig hin.

Ist mir's doch, als riefen
Sie mir traulich zu:
„In des Waldes Tiefen
Wohnt die sel'ge Ruh'!" —

Johann Peter.

Pfarrhaus-Idylle.

I.

Er. — Schreibtisch und Bibelbuch.

Er sitzt vor ihm auf weichem Pfühl,
Die Augen ernst, gedankenschwül.
Das Schwert in der Gelehrten Streite,
Die Feder ruht ihm nah' zur Seite.
Hier links, da rechts ein Foliant,
Das Bibelbuch in seiner Hand.
Er blättert drin und liest und sinnt,
Ob klar Verständniss er gewinnt.
Er liest und sinnt, indess die Augen
Sich tief in das Geheimniss tauchen.
„Im Anfang war das Wort, das weise" —
So steht's geschrieben. Erst noch leise,
Dann laut und lauter tönt das Wort
Von seinen Lippen fort und fort.
Jetzt greift zur Feder er und schreibt:
„Das, was von Anfang war, das bleibt,
Und mag es auch die Welt nicht glauben,
Sein ewig Sein kann sie nicht rauben".
Sieh da! Inmitten der Gedanken,
Die in ihm auf und nieder schwanken,
Gedenkt der Gattin er, der lieben,
Vergessend drum, was er geschrieben,
Sinkt in den Lehnstuhl er zurück
Und preist des Hauses stilles Glück.
Auf seinem Schreibtisch lächelt mild
Der Gattin wohl getroffnes Bild.
Schon vierzig Jahre sind es heute,
Seitdem sie seines Herzens Freude.

Den Strauss, der heut' den Schreibtisch schmückt,
Hat sie am Morgen selbst gepflückt.
Er blickt ihn an. Sein Herz schlägt jung
In seliger Erinnerung.

II.

Sie. — Küchentisch und Kochbuch.

Sie steht davor. Das Augenpaar
Blickt freundlich unterm dunklen Haar.
Das ihre Stirne noch umsäumt,
Wie einst, da sie von ihm geträumt.
Sie blättert in Davidi's Buche,
Dass sie darin die Vorschrift suche.
Die heut' kochkünstlerisch sie lehre,
Wie sich der Speisen Wohlschmack mehre.
Zwar oft schon hat sie d'rein geschaut
Und ist mit ihm gar wohl vertraut,
Schon seit der Kochkunst ersten Proben
War das bescheidne Mahl zu loben,
Doch — Hochzeitstag! Da soll der Braten
Besonders schmackhaft wohl gerathen.
Mehlspeise auch und leck'ren Fisch
Bringt heut' sie auf den Mittagstisch.
Sie ruft der Magd, ihr beizustehn,
Zur Vorrathskammer soll sie geh'n.
Um, was zum völligen Gelingen
Erforderlich, herbeizubringen.
Sie sputet sich. Mit Wohlgefallen
Hört sie die Mittagsglock' erschallen.
Des Gatten hatte sie gedacht,
Indess sie Alles wohl vollbracht.
Und sein gedenkend sind die Stunden
Am Küchentisch ihr schnell entschwunden.

III.

Beide. — Mittagstisch und Tagebuch.

Vereint steht Er und Sie. Es falten
An ihm die Hände fromm die Alten.
Das Haupt entblösst blickt er nach oben,
Um betend Gott den Herrn zu loben.
Ein sauber Tuch von Zwillich deckt
Den Tisch, weil's so an ihm erst schmeckt.
Die Mutter, welche nicht mehr lebt,
Spann das Gespinnst, aus dem's gewebt.
Dem eich'nen Schranke ward's entnommen,
Den sie zur Mitgift einst bekommen.
Die Suppe dampft. Zum hohen Feste
Entnahm dem Keller er das Beste.
Er hebt das Glas, sein Trinkspruch preist
In ihr des Hauses guten Geist.
Bewegt dann der vergangnen Zeiten
Gedenken im Gespräch die Beiden.
Ja! Sonst umblühte Kinderschaar
Das jugendliche Elternpaar.
Gestorben sind der Kinder sieben,
Ein Sohn ist ihnen nur geblieben,
Den längst nicht mehr ihr Auge sah:
Sein Heim steht in Amerika.
Und ob auch Enkel dort gedeih'n,
Hier sitzen einsam sie zu zwei'n.
Doch in dem tiefsten Herzen brennt
Die Flamme, die die Zeit nicht kennt.
Ein Blick in's Tagebuch! Sie lesen,
Was sie von Anfang sich gewesen.
Der Flitterwochen Frühlingsstrahl
Umspielt den Mittagstisch, das Mahl.
Von seinem Glanze hell umflossen
Hat er, hat sie das Mahl genossen.

Jetzt ist's vorbei. Noch einmal treten
Sie hin vor Gott, dankbar zu beten.
Sodann, um sich recht zu beglücken,
Ein warmer Kuss, ein Händedrücken.
So heut' in stiller Pfarrersklause
Das Ehepaar. Heil solchem Hause!

Ernst Pfeilschmidt.

Herbstwanderer.

Es fällt das Laub — der Wind weht rauh.
Die Luft ist kalt, der Himmel grau;
Des Kranichs Schrei aus Wolken klingt,
Sein Scheideruf in's Herz dir dringt.

Eh' du's geahnt, des Sommers Pracht,
Der Blumen Flor den Abschied macht;
Rings rüstet sich's in Flur und Ried,
Das Nest ist leer, die Schwalbe zieht.

Der Vogel eilt zum warmen Süd
Wo neu entspross, was hier verblüht —
Wohl wird dir's bang, da Alles schweift,
Die Einsamkeit an's Herz dir greift.

Nur Muth! wenn schnell die Frist verann,
Dann trittst auch du die Wandrung an:
Dem welken Laub, dem rauhen Wind
Sagst du alsdann Lebwohl geschwind.

Du rüstest dich, dein Haupt ist weiss,
Du hebst zum Süd die Schwingen leis',
Das Nest ist leer — nichts hemmt den Flug,
Der heimwärts bald den Wandrer trug!

Conrad von Prittwitz und Gaffron.

Es ist der heisse Wunsch des älteren Geschlechtes, das jüngere so zu leiten, dass es die Fehler vermeidet, welche das ältere gemacht hat. Doch in der Erziehung gelten nicht die kleinen Vorteile, sondern nur die wahrhaften Tugenden. Wohl könnte das Glück mancher Familie leicht begründet werden, wenn immer die Erfahrungen der Eltern von den Kindern benutzt würden. Aber mitunter, wo der Erzieher sich über mangelnde Erfolge beklagt, sind nur seine Einseitigkeiten durch die fortschreitende Entwickelung des Menschengeschlechts ausgeglichen. Auch für ihn steht geschrieben: Wir haben hier keine bleibende Stätte, sondern die zukünftige suchen wir.

Berlin, am 28. October 1883.   Heinrich Pröhle.

Die Thräne mit der Perle zu vergleichen.

Die Thräne mit der Perle zu vergleichen
Ist unrecht oft — nur selten wahr.
Wenn Zorn und Unmuth deine Wangen bleichen,
Dir Thränen stehn im Augenpaar.
Wenn wilde Leidenschaft die Wimper feuchtet,
Wenn Neid erpresst die Thränenfluth,
Da ist's nicht milder Perlenglanz, — der leuchtet
Aus deinem Aug' — nur Flammengluth.
Wenn aber du dem edlen, treuen Freunde
Mit Dankesthränen Wohlthat lohnst,
Wenn du sogar den ärgsten deiner Feinde
Vor bitterer Vergeltung schonst,

Wenn du ihm Gutes thust für alles Arge.
Zieht er dann ein in's Todtenreich,
Mit feuchter Wimper folgst noch seinem Sarge —
Dann ist die Thräne perlengleich.

Wien, 18. Nov. 1883.   Hermine Camilla Proschko.

Den bunten Blumen aller Arten
Gleicht deiner jungen Freunde Chor:
Der eine stolz, wie dort im Garten
Die Tulpe hebt den Kelch empor;
Der and're schön — doch Gift im Herzen
Wie Digitalis hier am Beet.
Des dritten Kuss kann dich leicht schmerzen,
Denn wie die Rose, die da steht.
Den spitzen Dorn verbirgt im Blatte,
Birgt Falschheit nur sein kaltes Herz.
Und wie die Weide dort. die matte,
Neigt sich sein Sinn nur erdenwärts.
Der wahre Freund jedoch, der treue,
Der Leiden gerne mit dir trägt,
Der täglich sich bewährt auf's neue,
Der Balsam auf die Wunden legt.
Den nicht die Bitten erst erweichen,
Dess Herz in echter Freundschaft glüht —
Ist mit der Aloe zu vergleichen.
Die alle hundert Jahre blüht.

Wien. 18. Nov. 1883.   Hermine Camilla Proschko.

Blumensprache

(an die Jugend).

Mein Kind, du suchst im Garten die Blumen mancher
      Art —
Sieh' dort den heil'gen Engel, der deiner freundlich
      harrt.
Vier Blumen will er spenden zu deines Lebens Kranz:
Die erste ist ein Veilchen im blauen Frühlingsglanz.

Es soll dir sagen: einmal auf unsrer Blumenflur
Erblüht das holde Veilchen im Lenze — einmal nur.
So blüht die Unschuld einmal im Leben nur, mein
      Kind,
Und weintest du die Aeuglein ob der verlornen blind. —

Die zweite ist die Lilie. — ist nicht ihr Kelch für-
      wahr
So wie er steht gefaltet, ein betend Hände-Paar? —
So falte du auch täglich die Hände vor dem Herrn
Wie eine reine Lilie, und bete oft und gern!

Und sieh die Sonnenblume, zum Tagstern strebt sie hin,
Und bis zum Erdenabend verfolgt ihr Auge ihn —
So soll dein Herz, dein Auge, nur hangen, Kind, an
      Gott,
Zu ihm, zu ihm gewendet verbleib in Glück und Noth!

Und nimm die vierte Blume, fünfblättrig, blau und
      zart —
Sie bleibe für die Stunde, die grosse, aufbewahrt.
Wenn dich der Vater rufen wird vor sein ernst Gericht,
Dann reiche ihm dies Blümchen, es heisst Vergiss-
      meinnicht!

Dr. Isidor Proschko.

Das Kerzenlicht und der Bergkristall.

Ein Kerzenlicht stand auf dem Tische.
Daneben lag in einer Nische
    Ein blankgeschliffner Bergkristall.
Der sprach zum Lichte: „Brenne immer!
Du überstrahlst nicht meinen Schimmer
    Und zehrst Dich endlich auf einmal.“

Das Licht dagegen sprach bescheiden:
„Ich will nicht Deine Pracht beneiden
    Du bietest Glanz nur — und ich Licht. —
Des Weisen Ruhm ist: dass zur Ehre
Der Menschheit er sich selbst verzehre,
    Du strahlest, aber nützest nicht!“ . . . .

Dr. Isidor Proschko.

Eichel und Wespchen.

In dem dunkeln Waldesreiche
Hatte sich auf einer Eiche
    Wespchen aufgebaut sein Nest:
Dicht am grauen Baumesstamme
Sass im feuchten Waldesschlamme
    Eine junge Eichel fest.

Wespchen sah die Eichel liegen,
Und weil Schaden sein Vergnügen,
    Stach es diese ungestraft
Mit dem Stachel, der ihm eigen.
Um der armen Frucht zu zeigen
    Seine überlegne Kraft.

Und die Eichel klagte leise:
„Hab' ich dir auf eine Weise
   Wehgethan? — was stichst du mich?"
Doch auf seines Baumes Zweige
Rief das Wespchen höhnend: „Schweige!
   Weil ich wollte, stach ich dich.

Bist ein Nichts mir gegenüber,
Liegst im Schlamm, der Wind weht d'rüber,
   Und vertilgt ist deine Spur.
Während ich in Lüften schwebe,
Frei zum Aether mich erhebe
   Und durchziehe Hain und Flur.

Frei bau' ich im Waldesreiche
Mir mein Nest!" — „Auf einer Eiche!"
   Fiel ihm hier die Eichel ein —
„Auf dem Baum, der das gewesen,
Was ich bin, du eitles Wesen, —
   Doch was wirst wohl du einst sein?

Lasse nur nach hundert Jahren
Fragen, was wir beide waren.
   Und was beide dann wir sind?
Ich, ein Baum voll Mark und Leben.
Du? — verweht gleich Spinnenweben.
   Längst nichts mehr — als Staub im Wind!"

Fühlst du deines Geistes Schwingen.
   Tönt dir reiner Glockenklang.
Achte nicht, was Thoren singen.
   Missgunst nur ist ihr Gesang;
Denn die Welt will ewig nie.
Dass du grösser seist als sie

Strebt zur Frucht das Körnchen auf,
Sticht die Wespe wohl darauf.
  Ringt der Zweig sich auf zu Eichen,
  Sieh', dann muss der Stachel weichen ......

Dr. Isidor Proschko.

Zur Winterszeit.

I.

Des Frühlings Schmetterlinge haben
Die flinken Flügel mir gelieh'n.
Der Sommer kam; den schönen Knaben,
Den Lenz, ich sah ihn weiter zieh'n.

Der Sommer flocht mir grüne Lauben
Von blüthevollem Rosendorn,
Dann kam der Herbst mit seinen Trauben,
Mit seiner Felder gold'nem Korn.

Und wieder schwirrt's auf weisser Schwinge
Um mich, als ob's noch Frühling sei,
Als schickte seine Schmetterlinge
Zum zweiten Mal der junge Mai!

Welk sind die Rosen, dürr die Trauben,
Im Walde sind die Sänger still,
Und dennoch will das Herz nicht glauben,
Dass jetzt der Winter kommen will!

Ein eis'ger Hauch umstreift die Locke,
Entblättert ächzt im Sturm der Baum,
Und dichtest du die weisse Flocke
Zum Falter um — es ist ein Traum!

II.

Was sprach ich doch von welker Rose,
Von dürrer Frucht und kahlem Hain!
Ich muss sie preisen, meine Loose,
Und muss dem Himmel dankbar sein!

Du liebes Weib, du Herz, voll Güte,
Du Seele, voller Sonnenlicht,
Noch prangt der Jugend Rosenblüthe
Dir maienschön im Angesicht!

Noch flammt dein Aug' im jenem Strahle,
D'rin ich's vor Zeiten flammen sah,
Als ich geküsst zum ersten Male
Vom Mund dein zitternd' bräutlich' Ja!

Und, dass du frisch und jung geblieben,
Wieviel auch Sorg' und Gram vergällt,
In klarem Sinn und treuem Lieben,
Das ist mein höchstes Glück der Welt!

Dir klingt mein Lied in hellem Psalme
Zu immer neuem Lob und Preis;
Du brachtest mir des Friedens Palme
Zu Rosen und zum Myrthenreis!

Emil Rittershaus.

Herbstgefühl.

Nun, wo Dir in reifen Farben
Herrlich das Gelände blinkt,
Und gebunden schon zu Garben
Hoch im Feld die Ernte winkt:

Wo der Abend durch's Gefilde
Dämmrig wandelt leis und kühl:
Nun geniess es ganz, dies milde
Wundersame Herbstgefühl

Dies Empfinden des Gelungnen,
Das kein Zufall mehr zerstört;
Die Gewissheit des Errungnen,
Das Dir sicher angehört.

Julius Rodenberg.

Aus der Tragödie Kaiser Friedrich II.

Friedrich (zu seinem Canzler Pietro delle Vigne).

Wie unendlich ist Freundschaft von Liebe unterschieden! Ach, nicht umsonst ist Aphrodite die Schaumgeborene. Wie die Welle und ihr leichtes Gekräusel
ist die Liebe flüchtig, vergänglich. Du stehst im Meere,
die Woge kommt, sie umfliesst dich warm und innig,
du schliessest das Auge voll geheimen Behagens. Aber,
wie du es öffnest, ist sie zerflossen und verläuft am
Ufer. Die Natur bedarf zu ihrer Erhaltung nur eines
Moments des Wonnerausches, das ist ihr genug. Und
so ist die Liebe wie die Meereswoge, für den Augenblick gewaltig, leidenschaftlich, alles umfassend, alles
wegreissend, was sich entgegenstemmt, und dann verrinnend in ein Nichts. Der Mann will auf einem
festeren Grunde ruhen als auf einem beweglichen
Frauenherzen. Dich habe ich gefunden, Petrus, und
so bist Du der Fels, darauf ich mich stütze, das Gefäss für meine Kümmernisse, der Grund für meine

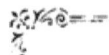

Hoffnungen: die beiden Schlüssel trägst Du zu meinem Herzen, die es auf- und zuschliessen. Wenn eine Frau mich verrät: fahre hin; — falsch und tückisch auch, wie die Welle, ist das Weiberherz. Du aber bist wie Dein Name, ein Fels, fest und unerschütterlich. Wenn Du mich je verrietest! — Nein, es ist nicht möglich nur daran zu denken.

Elberfeld.   **Friedrich Roeber.**

Der Gebrauch des Lebens.

Ihr, die den Augenblick wisst fest zu halten,
   Den leichten Sinn, der leicht sich schwingt zum Ziele,
   Ihr, denen nie bei Reigentanz und Spiele
   Die Stirne furchten des Gedankens Falten,

Und diese Welt voll blühender Gestalten
   Als heitren Tummelplatz euch denkt für Viele:
   Oft wünsch ich mir, dass mir, was euch gefiele,
   Und denk', am besten sei's, gleich euch zu schalten.

Wer richtet sie, die frisch um's Sein geworben,
   Und um das Haupt sich Ros' und Lilie schlangen,
   Das Leben fassten, eh's für sie verdorben?

Ja, Herz, ruft dich der Lenz, geh, sieh ihn prangen,
   Eh' matt der Wunsch wird, und bevor erstorben
   Der Glanz der Augen und das Roth der Wangen.

Frankfurt a. M., den 12. Nov. 1883.   **Dr. F. W. Rogge.**

Das wahre Glück.

Du suchst und suchst und findest nicht,
  Was ganz dich mag erfüllen;
Jetzt — glaubst du — naht dir's flammenlicht, —
  Doch bald wird sich's verhüllen.

Das wahre Glück — wer hat es je
  Erreicht in diesem Leben —?
Doch ist's ein wonnevolles Weh,
  Vergebens es erstreben.

Herrmann Rollet.

Weihe.

Heilig ist der Ort, wo der Märtyrer litt.
Heilig der, wo Freiheit sich ein Volk erstritt.
Heilig der, wo neue Wunder Arbeit schuf —
Heilig, Kunstgenosse, ist auch dein Beruf.

J. E. Rotenbach.

Künstlerfleiss.

Was solltest du dich härmen
Um so viel Müssiggang?
  Zu schweifen und zu schwärmen
Ist deiner Seele Drang.

Es ist der Fleiss der Biene,
Die hier nach Honig fliegt,
Zu suchen, was ihr diene,
Sich an die Blumen schmiegt.

Von einer jeden Reise.
Sei's ferner oder nah,
Trägt heim sie Götterspeise:
Nektar. Ambrosia.

Küssnach, Zürich. 11. IX. 1888.   J. E. Rotenbach.

Mir scheint es. dass diejenigen. welche den
Deutschen eine besondere nationale Richtung zu geben
versichern. sich auf einem Irrwege befinden. Deutschland ist, nach meiner Ueberzeugung. nicht nur durch
seine geographische Lage. sondern auch durch seinen
Volksgeist berufen. zwischen den Völkern des Nordens
und des Südens. wie zwischen jenen des Westens und
des Ostens zu vermitteln. ihre Eigenthümlichkeiten
gleichsam in einem Brennpunkt zusammenzufassen und
in seiner Volksseele die verschiedenen nationalen In-
dividualitäten zu einer grösseren, rein menschlichen
zu vereinigen und zu erheben.

Leopold Ritter von Sacher-Masoch.

Nicht in gerade aufsteigender Linie, sondern nur in weiten, allmählig, oft fast unmerklich aufsteigenden Spiralen bewegt sich der Entwicklungsgang der Menschheit. Daher so manche Erscheinung im staatlichen, gesellschaftlichen und religiösen Leben, zuweilen in unmittelbarer Nähe des überhastenden Vorwärtsdringens, die wir mit schmerzlicher Verwunderung „Rückschritt" nennen müssen, und die Ben Akibas Wort „Alles schon dagewesen", zu bestätigen scheint. Sieht man jedoch genauer hin, so merkt man, dass auch die energischste Reaction wirklich Erstorbenes niemals auf's Neue zu beleben vermag. Höchstens ist sie im Stande, galvanische Zuckungen an der Leiche hervorzurufen. Wir sind dann zu einem jener Wendepunkte gelangt, wo die Spirale sich zu berühren scheint. Aber bald sehen wir, dass das Obere sich wieder deutlich von dem Unteren abhebt und seinen Lauf nach oben fortsetzt. Wohl mag dabei manch hohes und edles Gebild in Trümmer gehen, nie aber werden sich die beiden Linien wirklich vereinigen, oder zu dem Ausgangspunkte zurückkehren; denn der menschliche Fortschritt endigt erst mit der Menschheit selbst.

Triest, 10. December 1883.   C. M. Sauer.

Nur Eines.

Unter tausend Blütenkelchen,
Deren Aug gen Himmel blickt,
Einen — unbekümmert welchen —
Einen hat dein Fuss zerknickt.

An dem goldnen Maitag heute
Welkend brach er ab vom Stiel.
Einer nur, des Zufalls Beute.
Einer schon dünkt mich zu viel.

Vögel fliegen auf zum Himmel.
Jauchzend ob der sonn'gen Welt.
Einer stürzt aus dem Gewimmel.
Einer blutend, todt in's Feld.
Riss ein Schuss ihn aus der Höhe? —
Lustig fliegt der Schwarm an's Ziel:
Aber Eines Todeswehen.
Eines schon dünkt mich zu viel.

Unter tausend Menschenherzen.
Die der Schöpfer klopfen hiess.
Eines, das vergeht in Schmerzen.
Eines, wen bekümmert dies?
Fort aus goldnen Lebensbächen
Trinkt der Wesen bunt Gewühl:
Aber Eines Herzens Brechen.
Eines schon dünkt mich zu viel.

Dresden.   Pauline Schanz.

Reimund. Nestroy. Lanner: drei Original-
Wiener! Da habt ihr die leuchtendsten Symptome
und gleichsam die Symbole des echten und besten
Wienerthums: Gemüthstiefe. kaustischen Witz
und die lustige Melodie des lebensfreudigen
Leichtsinns. Nur dreier solcher, allerdings ener-
gischer Repräsentanten bedurfte es, um schon die bunten

Contraste oder die characteristischen Merkmale zu versinnlichen und in Worten, Typen und klingenden Weisen zur Anschauung und zu Gehör zu bringen, wie sie in leiseren oder stärkeren Spuren in jedem einzelnen (d. h. unvermischten und unverfälschten) Wiener vereint aufzufinden. . . . .

(Aus: „Alt- und Neu-Wien" 1882.)

Wien. 23. November 1883.   **Friedrich Schlögel.**

Endloser Selbstmord.

Warnte mich die Maid vor'm Becher:
Gift nur sei der Saft der Reben;
Vor den Dirnen warnt der Zecher.
Die das Gift in Küssen gäben!

Und es regt die Doppel-Warnung
Mir des Herzens banges Klopfen:
Gram der tödtlichen Umgarnung,
Schwur ich ab der Traube Tropfen;

Schwur ich schaudernd ab nicht minder
All dem wundersüssen Nippen
Von der holden Himmelskinder
Schwellend heissen Purpurlippen. --

Doch des Darbens überdrüssig
Bald verwünscht ich bass mein Leben.
War bereit, gefasst und schlüssig.
Selber mir den Tod zu geben —

Wollte selbst gewaltsam lösen
Dieses Daseins eherne Kette:
Rasch zu enden, nahm die bösen
Gifte beid' ich um die Wette.

Küsst' und trank und trank und küsste
Ohne Zeitmaass und Bezirkung:
Wollte sterben und vermisste
Gänzlich, ach, der Gifte Wirkung.

Auf den Grund zu meinem Leide
Thät mich tiefste Forschung führen:
Gegengifte sinds, die beide
Wechselnd sich paralysiren!

So dem Tode, stets mit frischer
Kraft, weih' ich mich unvergänglich:
Trink' und küss' — ein Giftemischer,
Selbstmord übend lebenslänglich.

Richard Schmidt-Cabanis.

Mariele vom Neckar.

(Volkston.)

Mariele vom Neckar
Was bischt du so schön!
I kann di net lassen,
Von dir nimmer gehn —
Und doch muss i' fort, und koi' Mensch 'hört mei' Bitt',
Drum schwäbisches Mädle komm' mit, komm' mit! —

Zwei Guckerlu hascht du,
So klar wie e' Reh,
Es wird mir so heimisch
Wenn drinn' i' mi' seh' —
Und doch muss i' fort, und koi' Mensch 'hört mei' Bitt'.
Drum schwäbisches Mädle komm' mit, komm' mit.

Du brauchst keine Spange,
Koi' goldige Kett'.
Du bischt ja mei' Mädle
Selbscht goldig und nett —
Von dir muss i' fort, und koi' Mensch 'hört mei' Bitt',
O schwäbisches Mädle komm' mit, komm mit! —

Du sitzt mir im Herzle
Wie Demant-Gestein,
Es trennt uns zwei Beide
Der Tod nur allein —
Drum muss i' jetzt fort, so verlässt du mi' nit:
Mei schwäbisches Mädle geht mit, geht mit! —

Carl Schultes.

Frühlingslied.

Der Frühling kommt, die Blumen spriessen.
Ein neues Leben wogt und glüht.
In Duft und Ton sich zu ergiessen,
Und tiefbewegt ist mein Gemüth.

Ich möchte mit der Lerche steigen.
Dir jubelnd singen in dem Thal,
Als Nachtigall von Blüthenzweigen
Dich liebend grüssen tausendmal.

In einen Ton möcht' ich sie binden.
Die Seele voll und schwer und schwül.
Ein Sehnen nur ist all Empfinden.
Ein liebend Sehnen all Gefühl!

Berlin.   Robert Schweichel.

Der Nachtigallenwinkel.

Im fernsten Winkel jenes schönen Parks.
Wo gern am Nachmittag ich sinnend wandle.
Weiss eine grüne Wildniss ich. Gar lieblich
Erscheint sie mir. und auch der Nachtigall
Gefällt sie wohl. Dort singt und jauchzt und jubelt
Es rings von jedem Baum: zuviel erscheint es fast.
Dort ging ich jüngst am stillen Maienabend
Und sog den Duft des Grünen. labte mich
Am Nachtigallensang. —
                        Ein seltner Anblick
Ward plötzlich mir. Dort auf gefälltem Stamm.
Versteckt im Grünen — abseits war's vom Weg —
Sass still ein Greis und ruhte sich vom Gang.
Die achtzig Jahre. die er trug. sie hatten
Den Nacken ihm gebeugt. gefärbt mit Silber
Das schlichte Haar. Er stützte seine Hände
Gefaltet auf den Stock — das Ohr geneigt.
So lauschte er den süssen Melodien.
Und auf dem furchenreichen Antlitz lag es
Wie leise Wehmuth. — Er gedachte wohl
Der schönen Frühlingstage seiner Jugend. —

Vorüber ging ich still. — Er sah mich nicht.
Denn seine Blicke weilten in der Ferne
Im goldnen Reiche der Erinnerung! —

Heinrich Seidel.

Fremd geworden.

Häuschen du, umgeben
   Von wucherndem Geländ',
Nun blühen schon die Reben
   Und Rosen am Gewänd'.

Die Pforte steht noch offen,
   Als wäre noch die Zeit
Von Minnelust und Hoffen
   Und stiller Seligkeit.

Das Glück floh wie die Welle,
   Ich bin ein müder Gast;
Es ist auf deiner Schwelle
   Auch für mich nimmer Rast.

Und doch noch muss ich lauschen
   Auf süsser Stimmen Ton —
Das Brünnlein hör' ich rauschen,
   Die Liebste zog davon.

Mein Weg führt mich vorüber —
   Fremd, fremd nun überall! —
Die Augen gehn mir über,
   Fahr wohl, zum Letztenmal.

Fr. Xav. Seidl.

Mädchenlied.

Mein Schatz schreibt so schön, dass er meiner gedacht,
Dass kein Tag ihm vergeht und entflieht keine Nacht,
   Wo er selig nicht kennt.
   Wie mein Herz für ihn brennt,
Und dass je kein Wort mir sein Glück genug nennt.

Was schreib' ich ihm nur? S'ist die Sprache so arm,
Wo die Sehnsucht so gross und die Liebe so warm:
    Er weiss es ja gut.
    Wie mir wonnig zu Muth.
Wenn sein Brieflein zerknittert am Herzen mir ruht.

Steht der Schlehdorn in Blüt', lockt die Amsel im Hag.
O dann kommt auch für mich bald ein glücklicher Tag.
    Dann, von Sehnsucht gesund,
    Will ich schreiben allstund
Es mit Küssen ihm hin auf den lächelnden Mund!

Fr. Xav. Seidl.

Der Schlaf.

Die lange Nacht in Frieden sich versenken,
Und ungestört im Glücke sich zu denken:
Das Leid vergessen und von Sorgen rasten.
Die sonst wie Bleigewicht am Herzen lasten:

Sich trösten an der Hoffnung Strahl, dem milden:
Das Herz erfreun mit holden Traumgebilden:
Hinweg mit Nektar jeden Kummer spülen
Und auf der Stirn den Kuss der Liebe fühlen:

Auf goldnen Flügeln zu dem Himmel eilen:
Im Paradiese bei den Göttern weilen:
Wunschlos auf unverwelkten Blüten schweben
Und nur mit der befreiten Seele leben:

Nicht stürmisch kämpfen mehr auf steilen Bahnen:
Den Tod als Labsal schon im Voraus ahnen
Und lernen, einst ihm lächelnd zu begegnen:
Was braucht's noch mehr, auf dass den Schlaf wir segnen?

Fr. Xav. Seidl.

Der wahre Glaube.

Du magst zum Christen dich, du magst zum Juden,
Zum Moslem dich bekennen oder Heiden.
Mit Einsicht, was dir passt und nicht passt, scheiden,
An Hexen glauben, Elfen oder Druden:

Du magst im Flittertand der Krämerbuden
Den todten Fetisch fratzenartig kleiden:
Kein Irrwahn kann den Himmel dir verleiden,
Dess' offne Pforten dich zum Eingang luden.

Denn jeder Glaube bleibt der einzig-echte,
Wenn Herz und Geist die rechte Handlung trafen,
Und keiner taugt, sind deine Thaten schlechte:

Drum steu're ruhig in des Himmels Hafen!
Nicht giebt, nicht nimmt ihn Gott dir, der Gerechte. —
Die Thaten sind es, die dich lohnen, strafen.

Ludw. Sendach.

Stufenleiter.

Verlor der Mensch den Glauben
An Gott und Gottes Kraft,
Dann hängt er an dem Menschen
Mit blinder Leidenschaft:

Und knüpft mit Treu' und Liebe
Ganz an den Menschen sich,
Und liebt er ihn unsäglich —
Lässt ihn der Mensch im Stich.

Nun schenkt er seinem Hunde
Sein Herz in Liebesnoth
Und findet Dank — und findet
Den Hund des Morgens todt.

So wendet zu den Blumen
Er liebend seinen Sinn
Und findet Dank — da welket
Der flüchtige Gewinn.

Jetzt steht der Herr der Schöpfung
Auf dieser Welt allein.
Da findet Himmelsfrieden
Er unter einem Stein.

Ludw. Sendach.

Die Grösse der Liebe.

Vergleiche meine Liebe
Dem weiten, blauen Meer;
Vergleiche sie dem Himmel
Mit seinem Sternenheer.

Vergleiche meine Liebe,
Die dir mein Herz geweiht,
Ihr, die das All geboren,
Der alten Mutter Zeit:

Was ist das Meer, mein Liebchen?
Was ist die Zeit? die Welt?
Sie sind nur gross — bis jedes
Zerstiebt — verrinnt — zerschellt!

Mit meiner Lieb' sich messen —
Sie können's alle nicht;
Doch grösser ist — die Seele,
Die aus dem Aug' dir spricht!

Ludw. Sendach.

Tag und Nacht.

Die Lieb', die hofft, sie gleicht dem Blick,
Dem nach der tiefsten Nacht
— Sei's durch der Thränen klaren Thau —
Die goldne Sonne lacht.

Die hoffnungslose gleicht dem Aug',
Dem keine Sonne scheint,
Das — stets umnachtet — ewig nur
Aus todten Sternen weint. . . . .

Ludw. Sendach.

Dahin.

Ich hab' geglaubt an Gottes Huld,
An Menschenlieb' und treuen Sinn;
Ich war ein Kind, noch frei von Schuld, —
Die Zeiten sind dahin!

Ich fiel von Gott — ich glaubte doch
An Menschenlieb und treuen Sinn;
Dein Auge war mein Himmel noch, —
Die Zeiten sind dahin!

Seit mir dein Herz den Glauben nahm
An Menschenlieb' und treuen Sinn,
Hegt nur den einen Wunsch mein Gram:
Wär' Alles schon dahin! . . . .

Ludw. Sendach.

Perlen und Lieder.

Entzückte je die Perle dich,
Sag', kam's dir in den Sinn,
Dass eines kranken Tieres Qual
Erstarret ruht darin?

Und wenn mein Liedchen dir gefiel,
Bedachtest du wohl je,
Dass drin ein Menschenherze barg
Sein namenloses Weh'?

Ludw. Sendach.

Des Liedes Erwachen.

Des Westes weicher Flügel rührt das Ried,
Und aus den Halmen weht ein leises Singen.
So rührt die Poesie mit sanften Schwingen
Das Dichterherz, und seine Saiten klingen —
Und es entsteht — ein Lied.

Ludw. Sendach.

Das Lied.

Was ist ein Lied? — Ein spiegelklarer See.
Der Himmel widerstrahlt aus seiner Flut
Und die Natur; doch in der Tiefe ruht
Der Dichterseele ganzes Glück und Weh'.

Ludw. Seidach.

Der Frühling im Herbste.

Verweht sind längst die bunten Blüten.
Die kleinen Sänger sind verscheucht.
Im letzten Blätterreste wüthen
Des Nordes Flügel, kalt und feucht —
Wie kommt es, dass von meinem Munde
Noch strömt des Lenzes Liederquell.
Und dass mir's jetzt, in dieser Stunde.
Im Herzen ist so warm und hell?

Das kommt, weil mir, als Vöglein sangen
Im frischen Wald, im grünen Hain.
Und als die Bächlein munter sprangen
Im lieben gold'nen Sonnenschein —
Durch Aug' und Ohr ins Herz gedrungen
Des Frühlings Blumenangesicht.
Der Sang von tausend Sängerzungen.
Der Blick des Himmels, klar und licht.

Doch jetzt, da längst die Blumen starben.
Der Bach durch öde Steppen schleicht.
Und über Felder ohne Farben
Der kalte Herbstwind traurig streicht —

Jetzt schliessen sich die Augen, schauen
Nach Innen nur in's Herz hinein:
Da prangen duft'ge Blumenauen,
Da grünt der Wald, da blüht der Hain!

Und von dem blauen Himmel nieder
Quillt Goldflut in den Silberbach,
Und aus den Zweigen klingen Lieder,
Und diese Lieder — sing ich nach!
So kommt es, dass von meinem Munde
Noch strömt des Lenzes Liederquell,
Und dass mir's jetzt in dieser Stunde
Im Herzen ist so warm und hell!

Ludw. Sendach.

Der Tanz zu Hallstatt.

In Hallstatt ist Tanz
Beim Wirthe am See,
Es kommen im Glanz
Die Leute aus Ferne und Näh'.

Wie dreht sich ein Paar
Gar selig zur Zeit:
Es hat am Altar
Der Bergmann sein Mädel gefreit!

Er jauchzet vor Lust
Und strampft mit dem Schuh,
Er drückt sie zur Brust
Und flüstert gar traulich ihr zu:

Hei' Herzlieb. hellauf!
Bist treu mir wie eh'? —
Sie lispelt darauf:
Wenn untreu, läg' gern ich im See! —

Die Spielleut' sind frisch.
Die Zither klingt hell.
Da tritt an den Tisch
Ein feiner, ein fremder Gesell.

Hellroth ist sein Latz,
Keck federt der Hut,
So stramm auf dem Platz,
Das lässt dem Gesellen gar gut!

„Herr Brautmann, in Ehr'.
Schön Bräutlein im Kranz,
Gebt freundlich Gewähr.
Gestattet den gastlichen Tanz!"

Der Brautmann stimmt zu.
Das Bräutelein nickt —
Es fliegen im Nu
Die Beiden im Tanze geschickt.

Sie drehn sich im Kreis
Mit wachsender Hast,
Der Tänzerin wird heiss.
Der Tänzer gewähret nicht Rast.

Der Tänzer hell lacht
Und jauchzet gar lang,
Sein Blicken, das macht
Der Tänzerin angst und so bang!

Er schwinget überaus
Und hebet zur Höh' —
Dann ras't er hinaus
In Lüften zur Flur und zum See!

Die Leute, die stehn
Schreckstarrend zur Stund' —
Versinken sie sehn
Die Beiden im wallenden Grund!

August Silberstein.

Wie in die Nacht des Blinden.

Wie in die Nacht des Blinden
Erinnerung Sonnen malt,
Mir in der Seele Gründen
Dein Augenpaar erstrahlt. —
Es wälzt das Meer die Wogen
Wohl zwischen dir und mir; —
Lang bist du fortgezogen —
Dein Augenpaar blieb hier.

In nebelgrauen Fernen
Verschwimmt dein hold Gesicht —
Gleich hellen Zwillingssternen
Strahlt deiner Augen Licht;
Geweihte Liebeskerzen
Im düstern Dom der Brust.
Sie lindern alte Schmerzen
Und spenden neue Lust.

So kindlich, voll Vertrauen,
So hold und minniglich,
Seh ich die lieben, blauen
Herzinnig grüssen mich! —

Tief in der Seele Gründen
Dein Augenpaar mir strahlt.
Wie in die Nacht des Blinden
Erinnerung Sonnen malt.

Wilh. Otto Soubron.

Erweckt.

Zum grünen Wald der Vogel flog.
Und seines Liedes Kreise zog
Mit schmetternd hellem Klang.
Umgeben dort von buntem Tross,
Ein Röslein schlief im grünen Schloss
Und träumte — schwer und bang.

Das Röslein, das so fest dort schlief,
Sein Lied aus dunkeln Träumen rief.
Ganz plötzlich war's erwacht!
Heraus aus grünem Kerker sprang
Es bei des Liedes hellem Klang
In morgenfrischer Pracht. —

Ein Vogel, flog mein Lied hinaus
Zum waldumkränzten fernen Haus,
Wo meine Rose blüht.
In ihrem jungen Herzen tief
Noch traumversenkt die Liebe schlief —
Da weckte sie mein Lied!

Wilh. Otto Soubron.

Dein Name.

Deinen Namen haucht ich flüsternd
In den duft'gen Schnee der Rose. —
Und der Rose Blätter sah ich
Leis erbeben, sanft erglühen.
Deinen Namen rief ich jubelnd
Einem Vogel zu im Walde;
Und aus grünem Blattverstecke
Klang des Vogels jauchzend Schmettern.
Deinen Namen sprach ich fröstelnd
In das Dämmerlicht des Morgens.
Aus des Morgens Nebelschein
Stieg erwärmend auf die Sonne!
Deinen Namen seufzt' ich nächtlich, —
Wolken zogen schwarz, am Himmel;
Doch die Wolken sich verzogen,
Und am Himmel strahlten Sterne.
Würde deinen Namen sprechen
Jemand einst an meinem Grabe,
Glaub ich, dass mein Herz dann pochte
Selbst im Grabe wild und stürmisch:
Ja! dass, rief ich deinen Namen
Vor geschloss'ner Himmelspforte,
Und es fehlte mir der Schlüssel —
Weit sich öffneten die Thore! —

Wilh. Otto Soubron.

Ich lieb nur dich.

Die Blume blickt zur Sonn' entzückt
Und ruft, von ihrem Glanz berückt:
„Ich liebe dich!"

Die Sonne sendet einen Strahl
Hinab zur Blume in dem Thal
Und lächelnd spricht:
„Die Erde, die ich einst geseh'n
Aus meinem eig'nen Schoos ersteh'n, —
Die liebe ich!
Auch lieb' ich, was auf Erden lebt
Und meinem Licht entgegenstrebt; —
Warum dich nicht?"
„Dann wehe mir!" Die Blume spricht
Und senkt zur Erd' das Angesicht:
„Ich lieb' nur dich!"

Wilh. Otto Soubron.

Den Weg nur bahnt der Wille.

Dein Muth wird schon sich brechen
An diesen festen Mauern!"
Hör' ich den Feigling sprechen
Zum Feldherrn mit Bedauern.
Der ruft: „Nicht soll mich kümmern
Der Veste hart Gestein!
Ich werde sie zertrümmern —
Ich will und muss hinein!"

„Zu kühn ist dein Beginnen" —
Hör' ich ein Mägdlein sprechen.
„Auf schroffer Alpe Zinnen
Wirst du den Hals dir brechen".
Der Knabe spricht zur Dirne:
„Die Alpenrose hoch
Wohl wächst auf eis'ger Firne —
Nun hole ich sie doch!"

So hört' ich stets noch sprechen,
Galt es ein rühmlich Wagen.
Galt es, die Bahn zu brechen —
Zu handeln ohne Zagen.
Ich bitt euch, seid doch stille
Und seid darum nicht bang:
Den Weg nur bahnt der Wille
Und muth'gen Herzens Drang.

Die Welt schilt's ein Verbrechen,
Wagst du es, hoch zu streben:
Doch lass die Welt nur sprechen,
Sie wird dir's gern vergeben,
Wenn endlich du zertrümmert
Der Veste hart Gestein
Und dir am Hute schimmert
Der Alpenrose Schein.

Wilh. Otto Soubron.

Ahoi!

Zwei kleine Schiffe segeln
Ueber die See gar weit:
Sie fahren vorbei an einander
Zur goldnen Abendzeit.
Das eine Schiff führt Lasten,
Das andre dient der Lust.
Vom schwerbeladnen Schiffe
Hallt's froh zum Schiff der Lust:
„Ahoi! Du schmuckes Schifflein,
Gut Fahrt! Aus voller Brust:
    Ahoi! — Ahoi!"

Zwei kleine Schiffe segeln
Ueber das weite Meer. —
Da tönt durch Nacht und Nebel
Ein Nothschuss, dumpf und schwer.
Es ruft das Schiff der Lasten
Herbei der Freude Schiff;
Es fuhr in Sturm und Wetter
Wohl auf ein Felsenriff.
„Jetzt hilf dem armen Schiffe.
Du schmuckes Schiff der Lust!
Ahoi! — Ahoi!"

Ein kleines Schiff wohl segelt
Ueber den Ocean;
Bebändert bunt und bewimpelt
Durchrauscht es stolz die Bahn.
Was kümmern es die Schüsse.
Der gelle Todesschrei?
Am sinkenden Lastenschiffe
Gleichgültig fährt's vorbei.
„Ahoi! Du schnödes Schifflein,
So dienst du nur der Lust? —
Ahoi! — Ahoi!"

So täglich seh'n wir segeln
Des Reichthums Schiff vorbei,
Nicht achtend Noth und Armuth.
Des Volkes Weheschrei,
Bis einst die tück'schen Wogen
Es werfen wild auf's Riff.
Zerschellt dann ruft vergebens
Des Reichthums stolzes Schiff:
„Ahoi, du Schiff der Lasten,
Hilf mir, dem Schiff der Lust! —
Ahoi! — Ahoi!"

Wilh. Otto Soubron.

Ein Mann.

Ein wahrer, rechter, ächter Mann
Ist nur, wer sich beherrschen kann.
Wer seiner Leidenschaft Gewalt
Gebieten kann ein festes: „Halt!“
Wem Losung stets ist „Recht und Pflicht;“
Wer, treu wie Gold, sein Wort nicht bricht.
Wer seine Menschenbrüder liebt
Und liebevoll den Dürft'gen giebt.
Wer in des Lebens Kampf und Noth
Ist stets sein eigener Pilot.
Und thut, was er als Recht erkannt,
Hat er darob auch harten Stand.

Wer stolzen Geist's die Freiheit ehrt,
Und durch sein Thun zeigt ihren Werth;
Wer Unterdrückern kühn spricht Hohn,
Weil er sich fühlt des Volkes Sohn;
Wer für der Andern Freud' und Schmerz
Im Busen birgt ein weiches Herz;
Wer stets bewahret frohen Muth
Ob Sonnenschein, ob Sturmeswuth;
Wer edlen Sinnes hoch und hehr,
Schafft Glück und Frieden um sich her,
Dem steht das Heldenwort wohl an —
Das stolze Wort: „Ich bin ein Mann!“

Wilh. Otto Soubron.

Marc Antons Abschied von Cleopatra.

Sterben muss ich, o Aegypt'rin, rascher fliesst mein
 Blut dahin;
Und des Pluto düstre Schatten schon umnachten mir
 den Sinn. —
Neig' o Königin zu mir dich: stütze mich mit weichem
 Arm.
Meinen letzten Worten lausche — weine nicht! Ver-
 giss den Harm.
Fliegen siegreich meine Adler ferner nicht von Land
 zu Land.
Sind zerschellt auch meine Schiffe an dem trügerischen
 Strand.
Strahlt auch nicht um meinem Lager der Trophäen
 goldne Zier.
Sterben will ich wie ein Römer, stolz, der grosse
 Triumvir.

Nimmer strecken Cäsars Schergen diesen Löwen in den
 Sand;
Sieh, Antonius kann' nur fallen durch Antonius eigne
 Hand.
Er, der, dir am Busen ruhend, gern vergass, dass er
 ein Held,
Trunken — toll — für deine Küsse dir geopfert eine
 Welt!
Wenn in Rom der freche Pöbel je sich wagt an meinen
 Ruhm.
Suche du mein Weib Octavia auf in ihrem Wittwen-
 thum.
Sprich: Ihm kündeten die Götter, ehe noch sein Geist
 entfloh'n.
Dass aus dein und seinem Blute einst ersteht ein
 Königsthron.

Nun, du holdes Sternenauge, süsse Zauberin vom Nil,
Lass mich ruh'n an deinem Herzen, küsse mich, ich
                    bin am Ziel.
Nimm, o Cäsar, Kron und Lorbeer; sieh', der Reichere
                    bin ich —
Von Cleopatra umfangen, sterbend noch verlach ich
                    dich! —
Sterben muss ich, o Aegypt'rin, Horch! es naht der
                    Feinde Schwarm;
Gieb mein Schwert mir — lass mich zeigen, dass noch
                    nicht erlahmt mein Arm.
Weh! umsonst! Die Kräfte schwinden. —
Horch! der Nil rauscht dumpf und hohl.
Isis und Osiris schütze dich Cleopatra — leb' wohl!

Milwaukee, Wisc., am 22. Mai 1884.   **Wilh. Otto Soubron.**

Schwestertreue.
(Von den Halligen der Schleswig'schen
Nordseeküste.)

Es ragte von sinkender Hallig
Mitten im Wogengraus,
Umrauscht von ewiger Brandung,
Das letzte einsame Haus.

Von aller Welt verlassen
Sass dort jahraus, jahrein
Ein Mägdlein spinnend am Fenster
Des Nachts beim Ampelschein.

Die Eltern waren gestorben,
Der Bruder fuhr über's Meer,
Die Schwester aber getreulich
Harrt seiner Wiederkehr.

Ob auch die blonden Locken
Schon lange sind gebleicht,
Sie hofft, dass der Ersehnte
Die Heimat einst erreicht.

Und senkt die Nacht sich dunkel
Herab auf die wilde Flut,
So wacht die Schwestertreue
Und schürt der Flamme Glut. —

Die Wellen brausten und schäumten,
Der Bruder kam nicht mehr,
Sie aber blickte sterbend
Noch über das wogende Meer. —

*   *   *

Versunken nach selbiger Stunde
Ist das verödete Haus.
Und über die Trümmer, die losen,
Rollt wilder Stürme Gebraus; —

Doch die Kunde der Schwestertreue
Die überrauschen sie nicht.
Bis sich die letzte Woge
Am Friesenstrande bricht.

Theodor Souchay.

Mein Schatz schmückt sich mit Rosen.

Mit Gold und Steingeschmeide
Ist manche angethan.
Mein Schatz schmückt sich mit Rosen.
Mit Rosen lobesan.

Ihr Goldschmuck in tiefer Truhe
Blitzt nicht im Sonnenschein.
Ich aber schau ihn allstündlich
In ihrem Herzkämmerlein.

Theodor Souchay.

Allerlei Wunder.

Die Morgensonne kühlen Thau
Von allen Blumenaugen küsst:
Der Erde Grün, des Himmels Blau
Aus jedem Tropfen grüsst.

Die ganze blütenreiche Welt.
Wie endlos weit. und doch — wie klein:
Denn Wald und Höhen, Thal und Feld —
Ein Tropfen schliesst sie ein!

Und solcher Wunder weiss ich mehr:
Das Menschenleben nehmt nur gleich.
Die Spanne Zeit — und inhaltschwer
Wie Höll' und Himmelreich.

Doch als der Wunder Krone glänzt
Das Mutterherz im Lebenstraum:
Sein Lieben, tief und unbegrenzt,
Hat nicht auf Erden Raum.

Das Mutterherz die Lösung ahnt
Der Rätsel, die das Schicksal sinnt:
An's Eden, an's verlorene, mahnt
Die Mutter mit dem Kind!

A. Stanislas.

Haidebild.

Die Nebel kreisen dichtgeballt —
So frostig alles, kahl und arm.
Und krächzend streicht zum Föhrenwald
Darüber hin ein Krähenschwarm.

Der Nebel tropft in's dürre Kraut
Und rieselt von dem Hüttendach:
Ein Alter aber schmauchend schaut
Den Krähen hinterm Fenster nach.

A. Stanislas.

An Anny.

Um meiner Seelen Seligkeit
Lass ich nicht meine Liebe.
Und brächte sie nur Herzeleid
Und Tage ewig trübe!

Es lag mein Mund auf deinem Mund,
Es pochte Herz am Herzen . . . .
Um dieser einen Glückesstund',
Was sind nun alle Schmerzen?

Ja, brächte sie nur Herzeleid
Und Tage ewig trübe:
Um meiner Seele Seligkeit
Lass ich nicht meine Liebe.

Dr. Bernhardt Stavenow.

Jugendlust.

O Jugendlust, o Jugendlust.
Wie schwellst du wohlgemuth die Brust!
Hör' ich dein Singen
Jubelnd erklingen.
Mein' ich, die eigene Jugendzeit
Läg nicht dahinten so weit, so weit!

O Jugendlust, o Jugendlust.
Warum auch, dass du scheiden musst!
Könntest du bleiben
Und Blüten treiben.
Blüten, die noch in des Alters Bucht
Duftend umrankten die goldene Frucht!

O Jugendlust o Jugendlust.
Walt' deines Zaubers unbewusst:
Kommt dir entgegen
Auf deinen Wegen
Alter, so grüss es mit einem Lied,
Das durch die Seele ihm mahnend zieht.

Karl Stelter.

Frauenminne.

Es ist wohl Frauenminne
Ein blühender Rosenstrauch:
Ich ward der Rosen inne,
Und seiner Dornen auch!

Doch ob sie mir zerrissen
Das Herze und die Hand, —
Ich möcht' das Weh nicht missen
Zur Wonne, die ich fand.

München 1883.   Karl Stieler.

Sprüche.

Der Glaube ist zum Ruhen gut:
Doch bringt er nicht von der Stelle;
Der Zweifel in ehrlicher Männerfaust
Bricht die Pforten der Hölle.

Th. Storm.

Vom Unglück erst
Zieh ab die Schuld;
Was übrig bleibt
Trag in Geduld.

Th. Storm.

Ewiger Frühling.

Mag Schnee und Eis
Die Flur bedecken.
Die Liebe weiss
Nichts von des Winters Schrecken.

Tief im Gemüth
Ist sie die Sonne
Und ihr erblüht
Ein Frühling reich an Wonne.

Köstritz, den 2. Juni 1883.   **Julius Sturm.**

Sinnsprüche.

Es giebt ein Paradies. Des guten Willens voll
Thu' nur ein Jeglicher, was er vermag und soll —
Und ringsum werden wir in lauter blüh'nde Auen,
Erbaut von Menschenlieb' und Gottvertrauen, schauen,
Und heut' noch wird kein Schmerz, kein Leid mehr
                    sein auf Erden.
Und heut' noch wird Ein Hirt und Eine Herde werden.

*   *   *

Es geht mein Athem aus und ein
So steter Art.
Dass weder Ohr, noch Auge mein
Ihn mehr gewahrt.
So fährt auch Gottes Odem hin
Durch Welt und Brust
Und ist nur blödem Menschensinn
Nicht mehr bewusst.

*   *   *

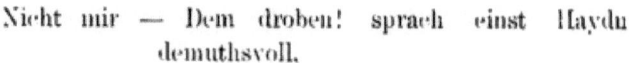

Nicht mir — Dem droben! sprach einst Haydn
    demuthsvoll.
Als seiner Hörer Dank zum lauten Jubel schwoll.
Und nennt mir Einen Mann, wahrhaftig gross, der nicht
Aus tiefster Seel', ob laut, ob leis, es mit ihm spricht.

*　　*　　*

Wer nie dem Tod in's Auge sah, den schauert's, kommt
    er über Nacht,
Wie Einer, der in's Wasser fällt, und nie an's Schwimmen
    hat gedacht.
Doch wer im Geist ihn längst besiegt, den überrascht
    er keiner Zeit:
Auf sanfter Welle gleitet er getrost in's Meer der
    Ewigkeit.

*　　*

Es bringt uns noch kein Glück das blosse Wissen mit,
Hält mit dem Wissen nicht auch die Empfindung
    Schritt.
Der Glücklichste ist nicht, wer Hohes nur erkannt,
Sondern wer Höchstem sich im Innern fühlt verwandt.
Mich lehrte das Gefühl unendlich viel des Wahren,
Das bloss mit dem Verstand ich nimmer hätt' erfahren.
Ja, was ich je erkannt vom Guten, Schönen, Grossen,
Hat nicht mir der Verstand, hat das Gemüth erschlossen.
Und sollt' ich nun nicht auf ein Aller-Höchstes hoffen,
Ein Schönstes, Bestes, nur weil's dem Verstand nicht
    offen?
Von menschlicher Vernunft will nicht bewiesen, nein,
Im innersten Gemüth will Gott empfunden sein.
Traun, Millionen nicht von Köpfen ist bewusst
Von Gottes Sein so viel wie oft schon Einer Brust.

Otto Sutermeister.

Im Stübchen.

Nicht ist's ein glänzend Prunkgemach,
Das sich den Blicken zeiget,
In's lausch'ge Stübchen unterm Dach
Die Dämmerung sich neiget:
Durch's Fenster dringt die Abendluft
Gar mächtig ein, zu kosen
Mit dem berückend süssen Duft
Der frisch erblühten Rosen.

Der Mond zieht durch die dunklen Höh'n,
Umstrahlt vom Sternengolde;
Wie ist die stille Nacht so schön!
Noch schöner ist die Holde.
Die ihn mit Armen weiss und rund
Umschlingt, ihn zu begrüssen,
Da pressen fest sich Mund an Mund
In unzählbaren Küssen.

Kein Prunkgemach, ein Stübchen bloss,
Nicht ausgeschmückt mit Seide,
Doch still und lauschig und auch gross
Genug an Raum für Beide;
Sie haucht ihm zu, mein Herz ist dein,
Nicht rührt mich andres Werben:
Er aber schwört, bei ihr zu sein
Im Leben und im Sterben.

Franz Tiefenbacher.

Ueber Alles die Pflicht!

Wie auch Dein Loos falle, des Einen bleibe stets eingedenk: Ueber Alles die Pflicht! Das sei Dein Wahlspruch, der Dich geleite durch das Leben: dann kannst Du zwar immer noch vom Glücke geflohen werden, doch nie vermagst Du ganz elend zu sein. Die Pflicht ist ein starker Verbündeter, und der Kampf unter ihren Fahnen verleiht. wenn auch nicht unbedingt Sieg, doch stets Gewinn.

Sophie Verena.

Clique — ist eine Gesellschaft ohne geschriebenes Recht. weil Manches besser ungeschrieben bleibt. Die Pflicht heisst — Gegenseitigkeit, der Zweck — Nutzen, nicht des Ganzen, sondern jedes Einzelnen. Das Cliquerecht derogirt dem Naturrecht: auf Exoterische erstreckt sich keine Pflicht; hier heisst es vielmehr: wer nicht mit uns ist. gegen den sind wir. Die Devise liefert Ovid:

„Cura quid expediat prior est quam quid sit honestum!"

Freiburg in Baden. 3. November 1883.   Gisbert Vincke.

Mein Tempel.

So wieder will ich aus dem Menschenstrom
Den Fuss zu euch, ihr lieben Berge wenden;
Wo über mir sich wölbt der Himmelsdom,
Will mein Gebet ich zum Allvater senden.

Dort, wo am Felsenherz der Gletscher träumt,
    Der Aar empor sich kühn zur Sonne schwinget.
Die Alpenrosen blühn, der Wildbach schäumt
    Und freiheitsstolz zur Thalestiefe dringet —

Dort will ich wieder knieen vor dem Altar
    Aus Urgranit, vom Ewigen errichtet: ·
In jenem Tempel fand ich immerdar
    Noch Trost, so oft ich mich zu ihm geflüchtet! . . .

Vogel von Glarus.

Spruch.

Der ist ein Mann,
Für das Leben gestählt,
Der weiss, was er kann,
Und weiss, was ihm fehlt;
Der nicht sich entmarkt,
Aufschiessend in Saft,
Doch innen erstarkt
An eigener Kraft!

Theodor Vulpinus.

Wert des Lebens.*)

Wohl führen wir ein flücht'ges Leben,
Und täglich bringt es Freud und Leid,
Doch kann uns Nächstenliebe geben
Auf Erden schon die Seligkeit.

---

*) Aus den demnächst erscheinenden „Neuen Gedichten" des Verfassers. München 1885.

Wenn Gutes wir für Andre streben,
Wird unser Dasein recht verklärt;
Und nur durch Wohlthun und durch Geben
Wird unser eigner Wert vermehrt!

Wenn sich die Augen zu uns heben
Voll Dank, fühl'n wir das reinste Glück;
Und nichts im Leben kann uns geben
Solch' wonnevollen Augenblick

Otto Weddigen.

Ein Stern.

Ein Sternlein glänzt am Himmel.
Zu dem blick' ich hinauf;
Ich kor es mir zum Führer
In meines Lebens Lauf.

Vertrau' ihm meine Schmerzen
In einsam stiller Nacht.
Und fasst mich Zagen, Bangen:
Es freundlich strahlt und lacht.

Mir ist's, als thät es reden,
Denn hoffend schwillt die Brust;
Und stets zu neuem Streben
Giebt es mir neue Lust.

Otto Weddigen.

Das Blümchen auf dem Grabe.

Auf einem Grab ein Blümchen stand.
Ich schaute an es unverwandt:
Es sprach aus seinen Augen licht:
„Der drunter liegt, vergiss ihn nicht!"

„Sein Herz schlug einst in warmer Glut,
Er nahm dich sanft in seine Hut.
Warst seines Lebens Schmuck und Zier —
Nun ruht er einsam — einsam hier."

Beim Morgen- und beim Abendrot
Dem Blümchen ich die Grüsse bot,
Die hat es dann in stiller Nacht
Stets treu dem Schläfer zugebracht.

                                        Otto Weddigen.

An die Nacht.

O allmächt'ge,
O andächt'ge,
Wundervolle Zaubernacht!
Banges Leben,
Rastlos Streben
Hast du sanft zur Ruh gebracht.

Hoffnung spendend,
Frieden sendend
In das mühbelad'ne Herz,
Hebt mit Singen,
Neuen Schwingen
Sich die Seele himmelwärts.

Balsam giessend.
Schmerz zerfliessend
Wirkst du, wenn der Morgen wacht!
O allmächt'ge.
O andächt'ge
Wunderbare Zaubernacht!

Otto Weddigen.

Mannessinn.

Ich ging, ich ging in schwerem Leid
Die trüben Jugendtage.
Und fand zu keiner Thräne Zeit
Und keinen Laut zur Klage.

Mich zwang des Lebens strenge Pflicht
Zu festem Sinn und Schweigen.
Und still nur dacht' ich: zage nicht.
Einst wird der Lohn sich zeigen.

Die Jahre schritten ihren Gang
Und heilten meine Wunden:
Dass ich mein Herz so wohl bezwang.
Hab' dankbar ich empfunden.

Denn nun, gewohnt an Druck und Bann.
Verlernt ich Zähr' und Klage
Und stehe, ein gereifter Mann.
Und lächle und entsage.

Feodor Wehl.

Aus dem Tagebuche einer Schauspielerin.

Als heut' ich Abends auf der Bühne stehend.
Mir selbst und auch der ganzen Welt entrückt.
Gelebt, was ich gespielt, und qualvoll flehend
Die Hände an mein zitternd Herz gedrückt.

Als heisse Thränen meinem Aug' entquollen.
Als fiebernd jeder Nerv in mir gebebt.
Und ich in Tönen, in verzweiflungsvollen.
Dem Leben fluchte, welches ich gelebt.

Im vollen Hause herrschte Todesstille.
Und jeder Hörer hielt den Athem an.
Und endlich brach, gleich einem Sturmgebrülle,
Der Beifall los, ein tobender Orkan.

Ernüchtert stand ich und zusammenschauernd.
Gesenkten Haupts ich von der Bühne wich.
Welch einen Werth hat — also fragt ich trauernd —
Der Beifall dieser Menge wohl für mich?

Mein Herzblut gab ich hin, um sie zu laben;
Bald schliesst das Haus sich, und sie schlendern hin
Und plaudern, scherzen, während ich begraben
Mit mir allein in öder Kammer bin.

Lass mich nur Einen finden, Herr im Himmel.
Es dringt zu dir mein innigstes Gebet.
Nur Einen, in dem bunten Volksgewimmel.
Der meine Kunst und auch mein Herz versteht.

Mein Haupt wollt' ich an seinen Busen pressen,
Dort ruhn, gleich einem Kinde, mild und fromm.
Geschlossnen Aug's in seligem Vergessen,
Wenn krank an Seel' und Leib ich heimwärts komm'.

Und blick' ich zu ihm auf, dann werd' ich lesen
An seiner Rührung, seinem Druck der Hand,
Dass er mit mir zufrieden heut gewesen,
Dass er mit mir gefühlt und mich verstand.

Das Schwerste selbst würd' ich dann leicht bemeistern,
Das höchste Künstlerziel wär' mir gestellt.
Sein Tadel selbst, er sollte mich begeistern,
Sein Lob wär' mir das Lob der ganzen Welt.

Ich wollte dankbar ihm die Hände küssen.
Mir wäre gleich, wer mich sonst lobt und schilt.
Da doch, was einer wunden Brust entrissen
Mit Liebe einzig Liebe nur vergilt.

Wien, November 1883.   J. v. Weilen.

Schweizer Skizzen.*)

(Nach Bulawa.)

I.

Friedhof am Züricher See.

Du Wunder-Einsamkeit, wie bist du schön:
    Wo Kreuz an Kreuz sich reiht auf Rebenhöhn.
Wo frei das Auge, wie der Aar im Blau.
Dahinschweift über Wogen, Wald und Au;

*) Aus des Verfassers soeben erschienen „Zeitlosen aus Heimat
und Fremde", Leipzig, 1885. Fr. Schneider.

Wo, wie Türkis im Schmelzen, blinkt der See,
Von Sterngefunkel und der Segel Schnee;
Wo Alpen thürmen sich gigantengross,
Als wüchsen sie bis in der Sonne Schoss!

Die Linde flüstert mir die — Epopöe,
Das — Drama rauscht die Eiche von der Höh',
Die Trauerbirke weint die — Elegie:
Der Mond verklärt, wie Hoffnungsschimmer sie —
Im Chor, als einst ich auf dem Gipfel stand,
Anstimmten sie das Lied vom — Vaterland!

II.

Schaffhausen.

Wo auf Granit, im Strudel ungezäumt,
Grün wie Smaragd, der Rhein hernieder schäumt,
Die Arme, droben über'm Flutgebraus,
Still streckt' ich nach dem Irisbogen aus:

Der Weltgeschichte gleicht er: wie die Zeit,
So wälzt er sich zum Meer der Ewigkeit,
Mit Donnerschall, der wilde Alpengeist,
Der, was da lebt, mit in den Abgrund reisst!

Wie majestätisch stürzt, ein wilder Föhn,
Den Wogenschaum er von den Klippenhöh'n,
Umrauscht vom Wald, als ob — Vergangenheit
Vor — Zukunfts-Schrecken warne Welt und Zeit, —
Er, der gleich ihm, dem Ewigen so nah',
Mein Sehnen weckt nach dem — Niagara!

III.

Solothurn.

Wie lieb' ich Dich, chaotisch wilde Welt,
  Wo Schwindel selbst mein Saumthier oft befällt,
Wo nur der Adler horstet in der Kluft,
Einsam umhaucht von Alpenrosenduft.

  Wo nur die Gemse fern im Nebelgrau,
  Gleich wie die Windsbraut saust zum Aetherblau,
Wo nur der Springquell rinnt am Kreuz von Stein,
Darunter Schnee birgt — menschliches Gebein.

IV.

Die Jungfrau.

Gottmutter, jungfräuliche Königin,
  Als letzte Stufe nach dem Himmel hin,
In stummer Sehnsucht blickst Du unverwandt
Schon seit Aeonen nach dem Erdenland,
  Und selten nur enthüllt Dein Angesicht
  Uns — Sternenhimmel oder Sonnenlicht;
Dann wieder unsern Blicken, still und mild,
Verschleierst Du Dich, wie der Wahrheit Bild.

  Vor Blitz und Donner sich Dein Haupt nicht graut,
  Das in der Fluten Spiegel nur sich schaut,
Das, wie die Höh'n der Kunst, so steil und schwer,
Nur eine Welt für Adler, menschenleer:
  Manch' Pilger schon Dir keck entgegenschritt,
  Bis, nah' dem Ziel, er in den Abgrund glitt,
Wo seiner stolzen Seele Trost allein
Der Aar, der trug zum Aether sein — Gebein.

V.
Natur.

Jungfrau und Mutter bist zugleich.
Natur. Du hold und gnadenreich:
Wie einer Mutter zärtlich Herz.
Durchtobt es auch der tiefste Schmerz.

Verjüngst Du Dich nach Sturm und Nacht.
Wenn unter Thränen wieder lacht
Die Sonn' und über Meer und Land
Der Iris Friedensbogen spannt.

Albert Weiss.

Quam diu durabit ista truffa?[*]

Was im Schachspiel die Dame.
Die starke Hauptfigur.
Ist im Leben Reclame.
Doch ist sie's nur.
Weil ihr sich beugen Narren. Bauern!
Wie lange wird der Schwindel dauern?

Joseph Victor Widmann.

Die Kaiserproclamation vom 1. Januar 1871.

Der Donner kracht aus tausend Feuerschlünden.
Die Erde bebt vom mächt'gen Wiederhall.
Es bebt Paris. Die Töne sie verkünden
Unzweifelhaft der grossen Veste Fall.

*) Worte Friedrich II., des Hohenstaufen.

O nein, nach ihr trägt keiner heut' Verlangen,
Und nicht für sie schallt der Geschütze Ton,
Nein, Deutschlands Stern ist heute aufgegangen,
Heut' wird gebaut der deutsche Kaiserthron.

Dort in Versailles, in jenen Königshallen,
Wo Deutschlands Schmach so oft besiegelt ward,
Da hört man jetzt gar heil'ge Klänge schallen,
Ein Greis sitzt dort von Kriegern dicht umschaart.

Ein eisern' Kreuz hängt vor ihm am Altare,
Das schlichte Kreuz, es hängt als Schmuck daran,
Ein Priester fleht im festlichen Talare,
Fleht für den Greis des Himmels Segen an.

Die Krieger steh'n der Andacht hingegeben,
Ein heilig Lied rauscht durch den weiten Raum,
Da sollt' der Greis mit Würde sich erheben,
Erfüllt, erfüllt war seines Lebens Traum.

Dem Herrn sei Dank, sprach er mit ernstem Munde,
Was ich ersehnt, ich hab' es noch geschaut,
Gesegnet sei die feierliche Stunde,
Der Kaiserthron, er sei jetzt aufgebaut.

Wenn Gott es will, wohlan, so kann ich's wagen,
Mein sei der Schmuck, ich will zu jeder Zeit
Im reinen Glanz die Kaiserkrone tragen
Zu Deutschlands Ehr' und Deutschlands Herrlichkeit.

Kaum hat der Fürst das ernste Wort gesprochen,
Ein Wort so süss, so lange nicht genannt,
Da ist im Saal ein Jubel ausgebrochen,
Wie er wohl nie gehört im Vaterland.

Der Kaiser hoch! so schallt's von jedem Munde.
Der Kaiser hoch! so schallt's zum zweiten Mal.
Der Kaiser hoch! so rauscht es in die Runde.
Vom mächt'gen Schall erdröhnt der weite Saal.

Doch draussen kracht's aus tausend Feuerschlünden.
Die Erde bebt vom lauten Donnerton.
Die Mörser laut mit Jubelschall verkünden.
Dass neu erbaut der deutsche Kaiserthron.

Der Kaiser steht von Rührung tief erschüttert.
Der unbewegt dem Tod in's Auge sah.
Der Heldengreis. der mutige. er zittert.
Wie festgebannt und sinnend steht er da.

Vergebens hat er mit sich selbst gerungen.
Die Thräne quillt. der Held. er hemmt sie kaum.
Was er ersehnt. es ist ihm wohlgelungen.
Erfüllt. erfüllt war seines Lebens Traum.

Kaum war verweht des Jubelrufes Hallen.
Da naht sein Sohn. als Held so wohlbekannt.
Er huldigt ihm. er naht zuerst von allen.
Und tief bewegt küsst er des Vaters Hand.

Doch dieser beugt sich schnell zu ihm hernieder
Und zieht den Sohn mit Macht zu sich empor.
Und drückt ihn fest an sich und küsst ihn wieder.
Und jubelnd ruft der ganze Kriegerchor:

Der Kaiser hoch! — So dröhnt es durch die Hallen. —
Der Kaiser hoch in seines Thrones Glanz!
Der Kaiser hoch! so hört man's nochmals schallen.
Und mächtig rauscht's: Heil dir im Siegerkranz!

Und draussen kracht's aus tausend Feuerschlünden.
Die Erde bebt vom lauten Donnerton.
Die Mörser laut mit Jubelschall verkünden:
Es ist erbaut der deutsche Kaiserthron!

Karl Wiesner.

Die Sonne sank in's Flutmeer tief.

Die Sonne sank in's Flutmeer tief.
Das Licht der Sterne zog herauf.
Und was in meinem Herzen schlief.
Nun wacht es leise wieder auf.
O, süss-geheimnisvolle Nacht.
O wundersames Meeresrauschen.
Ich möchte deine hehre Pracht
Um alles Erdengold nicht tauschen.

Welch' stiller Friede rings umher.
Als ob der ew'gen Liebe Geist
Auf Engelsfittichen das Meer.
Das Schifflein, das uns trägt, umkreist:
Als ob er mir das Herz erfüllt
Mit sel'gen Glückes holdem Ahnen.
Als ob er segnend mir enthüllt
Der Zukunft räthselvolle Bahnen.

Johann v. Wildenradt.

Oster-Palmen.

Wo mit Kätzchen gelb und weiss
Drunten leuchtend steh'n die Weiden,
Seh' ich von dem Blütenreis
Kinder Osterpalmen schneiden.

Fröhlich lärmt die munt're Schaar,
Füllt den Wald mit ihrem Sange.
Mich ergreift es wunderbar
Bei der Lieder altem Klange. . . . .

O, wie liegt die Zeit so fern,
Wo ich hier in Waldes Mitten
Auch mit andern Kindern gern
Osterpalmen hab' geschnitten! . . . .

Kinderlust und Blütenpracht,
Trauter Klang der Heimatslieder.
Aus des Herzens tiefstem Schacht
Zaubert ihr die Jugend wieder!

Blühend Reis am Weidenstrauch,
Winde deine Wunder weiter.
Bleib', getreu dem frommen Brauch,
Heil'ger Andacht Himmelsleiter!

Franz Woenig.

Mit Gott nun allein!

Nachts aus der Charda klingt Fiedelgetön;
Ein Bursch und sein Liebchen vorüber geh'n.
Gehen so langsam, Arm in Arm.
Klagt schluchzend das Mägdlein voll Leid und voll Harm:

„Mutter schimpfte und schmähte dich,
Schwestern schlugen fast blutig mich.
Warfen dein Tüchlein heraus aus der Truh,
Gebetbuch, Ringlein und Bänder dazu.
Habe den Schwestern den Rücken gewandt.
Such' einen Dienst mir im fremden Land,
Dürfen zusammen nicht länger mehr sein:
Geh, Liebster, in Treuen mit Gott nun allein!"

Seufzet der Bursch, ingrimmig er spricht:
„Habe auch Hof und Acker ich nicht,
Fest ist mein Wille, und stark ist mein Arm,
Verdien' ich da draussen, dann bett' ich dich warm.
Grünet die Haide im Lenz und erblüht,
Grüsset im Lerchengesang dich mein Lied.
Siehst du zum anderen Mal sie erblüh'n,
Durchflechte das Haar dir mit Rosmarin!"
Schluchzet das Mägdlein vor Weh' und vor Lust,
Schmieget sich fest an des Burschen Brust.
Spricht: „Ich harre, sollt's ewig auch sein, —
Geh, Liebster, in Treuen, mit Gott nun allein!"

Franz Woenig.

Das war einst im Maien.

Das war einst im Maien,
Wir standen zu Zweien
Auf sonniger Halde,
Hier oben am Walde,
Tief unten im Thale
Lag blühend die Welt:
Die Schwalben, sie flogen
Hellzwitschernd in Bogen

So munter, so fröhlich,
So friedlich, so selig
Hinauf und hernieder
Am Himmelsgezelt.

Du gabst mir's Geleite . . . .
Ich zog in die Weite.
Wollt' draussen vergessen,
Was einst ich besessen,
Wollt' nimmer versteh'n,
Was dein Aug' mir verhiess.
Frag' nicht, was in Stunden
Der Reu' ich empfunden.
Dass ich meinem Glücke
Zertrümmert die Brücke.
Im Wahne gesucht,
Was daheim ich verliess. . . . .

Das war einst im Maien.
Wir standen zu Zweien. —
Auf sonniger Halde
Hoch oben im Walde
Steh' nun ich nach Jahren
Verwaist allein. . . . .
Dort grüsset mich wieder
Das Häuschen im Flieder:
Ein Kinderreigen
Klingt unter den Zweigen. . . . .
Vorüber, vorüber,
Es sollte nicht sein!

Franz Woenig.

Venezianisches Gondellied.

Mondschein oben unter'm hellen
Sternenhimmel, duftig-mild!
Mondschein unten in den Wellen,
Leichtbewegt im Spiegelbild!

Uns're Gondel wiegt sich leise
Auf den Wellen des Canals;
Ihre weichen, feuchten Gleise
Glitzern milden Silberstrahls.

Rechts und links, wie Nachtgespenster,
Lange, dunkle Häuserreih'n!
Hier und dort nur noch ein Fenster
Hell von spätem Kerzenschein!

Sieh', dort oben eins erleuchtet!
Und ein Mädchenkopf davor!
Und die Gondel, thaubefeuchtet,
Unten an des Hauses Thor!

Und der schöne Freund der Schönen,
In der Gondel hält er Wacht:
Seine Liebeslieder tönen
Weich und klangvoll durch die Nacht.

Plötzlich flimmert's an den Wänden,
Mild vom Mondenschein erhellt,
Und wir seh'n von zarten Händen
Einen Strauss hinab geschnellt.

Ach! und nun erlischt der Schimmer
Plötzlich droben im Gemach,
Und der Sänger, einsam immer,
Steuert unsrer Gondel nach.

Laut und weh, wie tiefes Klagen.
Aber klangvoll tönt sein Lied.
Ach! wohl ist es schwer zu tragen,
Wenn ein Herz vom andern schied.

Aber hold. mit heiterm Lachen,
Halt' ich meine Liebste fest.
Traulich wiegt uns unser Nachen,
Wie zwei Vöglein wiegt ihr Nest.

„Liebste, traun, es fährt sich besser
Durch die fremde Stadt zu zwei'n.
Als im heimischen Gewässer
Fern der Liebsten und allein!"

Seines Hauses dunkler Schwelle
Fährt der Sänger einsam zu.
Uns umzittert Mondscheinhelle,
Uns umschauert sel'ge Ruh'.

Weich-melodisch plätschernd rauschen
Wellen nur um unsern Kiel;
Und ihr Rauschen, wie wir lauschen,
Klingt uns klar wie Saitenspiel.

Holder Töne Himmelspforte
Oeffnet sich; und, Ton für Ton,
Klingt's von Liebe — ohne Worte,
Wie ein Lied von Mendelssohn!

Karl Woermann.

Der einzige Bote.

Ziehe, zartes Zephyrsäuseln,
Wehe weiter, fernwärts wallend,
Meines Mädchens Mund umkosend!
Lindre, lispelnd, Liebesleiden,
Ferner Freundschaft Pfand mir führend,
Bringe, Bote treuen Bundes,
Sehnsuchtsseufzer meinem süssen,
Meinem minniglichen Mägdlein!
Dich nur darf des Drachen-Dämons
Wachsamkeit nicht von ihr weisen.

Bruno Wolff.

An die Treulose.

Treulos hast Du, unbarmherzig mich verjagt aus
Deiner Nähe!
Gönne mir, dass ich noch einmal in Dein schönes
Auge sehe!
Gönne mir noch eine Stunde, reich an Glück und voll
von Schmerzen!
Lass nur einmal mich noch ruhen, gramerfüllt, an
Deinem Herzen!
Dann auf ewig, schöne, goldne Tage, muss ich von
euch scheiden,
Die ihr freundlich mir gelächelt! — Auf die Freude
folgen Leiden:
So ist das Geschick der Menschen, und ergeben will
ich's tragen;
Doch gedenkend schöner Zeiten, werd' ich ewig
sie beklagen.

Steglitz b. Berlin. Bruno Wolff.

Mitleiden.

Abendblämmern schreitet ernst
Um der Berge Wacht:
Wie du wandernd dich entfernst,
Dunkler droht die Nacht.
Pfade, deinem Fuss vertraut,
Schwinden vor dem Schritt;
Nur ein Klagen ohne Laut
Wandelt schleichend mit.

Schau, nun öffnet noch einmal
Sich des Himmels Aug'.
Sendet einen letzten Strahl
Durch den Nebelrauch.
In das stumme Leiden fällt
Liebevolles Licht,
Wenn im Mitleid mit der Welt
Gottes Auge bricht.

Und in jäher Flammengluth
Heil'ger Sterbeschau
Wie von rothem Lebensblut
Leuchtet Wald und Au! —
Schläft auch bald der Schimmer ein,
Wand'rer, nicht verzag'!
Ew'ger Liebe Wiederschein
Ahnt den neuen Tag. —

Bayreuth.   Hans Paul Freiherr von Wolzogen.

Die Nixe des See's.

Kennst du den Zauber, der im Wasser,
Der sich im Fluthenspiegel wiegt?
Der bald in goldner, bald in blasser
Beleuchtung dir vor Augen liegt?
Das ist ein Strahlen und ein Flimmern,
Das ist ein Leuchten und ein Glanz,
Der blanken Fläche stetes Schimmern,
Es blendet und berückt dich ganz.

Es winkt dir, und es lockt dich leise
In seinen leuchtenden Krystall,
Es fesselt dich in seine Kreise,
In seiner Fluthen klaren Schwall.
Kein Sträuben hilft, kein Widerstreben,
Ob dir auch jede Fiber bebt,
Du musst gebannt dich ganz ergeben
Der Nixe, die im Wasser lebt.

O holder Zauber der Ballade,
Die Goethe einst vor Jahren sang,
Die Nixe ist es, die Najade,
Die tausend Opfer schon verschlang.
Sie wiegt sich auf der Fluth noch immer,
Und winkt mit Armen, weiss wie Schnee;
Drum meide stiller Teiche Schimmer,
Sowie den schilfumkränzten See.

Heinrich Zeise.

Aus Staub zum Licht.

Meines Gartens Epheuranken,
Kletternd an der Mauer Wand,
Welche haltlos niedersanken,
Zog ich auf mit warmer Hand.
Und an heitern Sonnentagen
Stiegen freudig sie empor,
Trieben üppig mit Behagen
Neuen Blätterschmuck hervor.

Mit dem frischen Grün bekleidet
Ist die Mauerwand nun ganz;
Und mein trunknes Auge weidet
Sich an jenem dunklen Glanz.
Sänger nisten hinter Blättern
In dem üppigen Behang,
Und mich grüsst mit lautem Schmettern
Ihrer Lieder froher Klang.

Wolle überall im Leben
Schwachen Schirm und Schutz verleihn,
Und die Ranken und die Reben
Werden dir zur Lust gedeihn.
Aber höher deine Güte
Preis ich in der Zeiten Lauf,
Hebst du eine Menschenblüthe
Aus dem Staub zum Licht hinauf!

Heinrich Zeise.

Menschlich.

Aus den tiefgeheimen Schluchten.
Wo die Weisheit dunkel thront.
Wo die Augen müd' sich suchten.
Ob die Freude bei ihr wohnt:

Lasst mich zu den hellen Fluren.
Wo die Muse lacht, zurück!
Schnelle find' ich ja die Spuren
Zu dem schnöd' verlass'nen Glück;

Dass ich aus dem kalten Hauche,
Der durch diese Reiche zieht,
Wieder in die Wärme tauche,
Ehe mir das Leben flieht!

Karl Zettel.

Am Strome.

Geht ein Mädchen dort am Strome
  Bei des Abends Purpurgluth,
Pflückt sich weisse Wasserrosen,
  Wirft sie in die blaue Fluth.

„Wallt, ihr weissen Wasserrosen,"
  Ruft sie leise weinend aus,
„Hin zum Meere, wo mein Liebster
  Schläft im kühlen Wogenhaus!

Reiht euch über seinem Haupte
Wohl zu einem lichten Kranz.
Dass er träume süss dort unten
Von des Frühlings holdem Glanz:

Von der stillen Blüthenlaube
An dem Strome silberklar,
Wo ich froh mit roten Rosen
Kränzte einst sein dunkles Haar!"

Eduard Ziehen.

Gedenkblätter.

I.

Ein Lied ist wie ein Wanderstecken:
Schneide es frisch von der grünen Hecken.
Trage es, wie es ist, nach Haus
Und schnitze daheim es sauber aus.

Meiningen. Rudolf Baumbach.

II.

Die Weisheit, welche uns das Leben lehrt, heisst
Selbstbeschränkung.

Wiesbaden. Amély Bölte.

III.

Das höchste Gut des Mannes ist sein Volk.

Königsberg.   Felix Dahn.

IV.

Thu' Du nur das Deine.
Gott thut schon das Seine.

Stuttgart, 4. Oct. 1883.   Karl Gerok.

V.

Werth und Dauer hat auf Erden nur die That.

Berlin, 10. Oct. 1883.   Dr. A. Glaser.

VI.

Mitleid fühlen Menschen.
Haben alle Mängel:
Doch sich mit zu freuen
Ist die Kunst der Engel!

Ludovika Hesekiel.

VII.

Will diese Welt, du arme Poesie.
Nichts von dir wissen.
Wie kann dich's wundern? Du beleidigst sie.
Bist du denn nicht das Weltgewissen?

München. 8. Oct. 1883.   Paul Heyse.

VIII.

Wer nie geweint und nie gelacht.
Nie einen dummen Streich gemacht.
Mag sehr gescheud sein. — aber bleibe
Mir immer zwanzig Schritt vom Leibe.

Berlin.   Dr. Ed. Jacobson.

IX.

Stürmischer Wellen ewiges Toben.
Und in der Fluthen gährendem Bett.
Zwischen der Habgier von Unten und Oben.
Treibt die Vernunft auf schwankendem Brett.

Freiburg i. B.   Wilhelm Jensen.

X.

Alles für's Sein.
Nichts für den Schein!

ist ein Spruch. den ich. wenn ich mir ein Haus bauen
liesse. dem Baumeister vor allem an's Herz legen
würde. Und ich meine. dass eine weitere Anwendung
desselben auf das Leben gerade heutzutage recht wohl
am Platze wäre.

Kassel. am 3. Nov. 1883.   Sophie Junghans.

XI.

Nach dem gleichen Ziele
Rennen Viele
Beim Beginnen:
Doch nur Einer kann gewinnen.

Darmstadt.   Gustav Kastropp.

XII.

„Ernste Thätigkeit söhnt zuletzt immer mit dem Leben aus." (Jean Paul.)

München, Dec. 1883. Emma Laddey.

XIII.

Ein ungestörtes Glück verlangen
Heisst Mondeslicht mit Netzen fangen,
Den Sonnenstrahl mit Ketten fesseln,
Und Rosen fordern von den Nesseln.

Gross-Lichterfelde. Otto von Leixner.

XIV.

Meine Wahlsprüche.:

„Von Oben die Kraft und der Gedanke!"
* * *
„Il melior passavant!"
(d. h. nach dem langue d'oc: „Den Besten voraus!")
* * *
Wandle dein Fuss auch in Nacht —
Bade das Haupt sich im Lichte!

Dresden, Carola-Haus, Sept. 1883. Richard von Meerheimb.

XV.

Halte Frieden mit den Menschen; mit der Sünde führe Krieg dein Leben lang.

Heidelberg, 17. Nov. 1883. Friedrich Meyer von Waldeck.

XVI.

Das Herrlichste dem Menschen mitgegeben auf den Lebensweg ist der Glaube.

Des Glaubens schönstes Wunder ist ein Wiedersehn dort oben.

Alsbach a. d. Bergstrasse, 12. Nov. 1883. Ernst Pasqué.

XVII.

Was zeitlos ist zu jeder Zeit.
Dem sei dein Sinn. dein Herz geweiht.

Innsbruck, 5. Nov. 1883. **Adolf Pichler.**

XVIII.

An deinen Schmerzen Theil zu nehmen.
Macht Jeder gern ein trüb Gesicht;
Doch deinem Glück sich zu bequemen.
So unbedingt geht das doch nicht!

Otto Roquette.

XIX.

Die Welt ist ein guter Spass — wer ihn versteht.

Krieglach, Juli 1883. **P. K. Rosegger.**

XX.

Schwer wiegt im Feld
Des Alten Rat;
Der junge Held
Vollbringt die That!

München. **Georg Scherer.**

XXI.

Pessimismus ist. richtig gefasst und verstanden
höchste Sittlichkeit.

Am Zürichberg. 28. Juni 1883. **J. Scherr.**

XXII.

Streben ist Leben!

Stuttgart, Sept. 1883. **Schmidt Weissenfels.**

XXIII.

Zu keinem Wettkampf werden mehr
Von mir die Anker gelichtet:
Auf alles Glück von aussen her
Hab' ich für immer verzichtet.
In meinem Winkel lieg ich still,
Den Blick nach innen gerichtet;
Wer aber auch das mir schmälern will.
Der wird vernichtet.

L. Schneegans.

XXIV.

Wehe dem Menschen, dem die Götter ein Herz
in den Busen gelegt, des rastlos wünscht, qualvoll entbehrt — und freudlos besitzt.

Wien, Nov. 1883.   **Franz von Schönthan.**

XXV.

Ton ist Stoff jedes Gesangsorgans. Er ist so
mannigfaltig, wie die Physiognomie der Menschen.

Blasewitz bei Dresden, den 7. Juli 1883.   **Jos. Tichatscheck.**

XXVI.

Sei nicht so gar genau!
Lass Jedem seine Weise!
Nicht heischt das Himmelblau,
Dass es der Blinde preise.

Dresden.   **Robert Waldmüller.**

XXVII.

Was menschlicher Verstand versteht,
Sei ihm zu deuten unbenommen!
Nur fragt sich's, wenn man weiter geht,
Wie weit ist ohne ihn zu kommen?

Königsberg in Pr. im Juni 1883.   **Ernst Wichert.**

Inhalts-Verzeichniss.

Buchdruckerei von Arthur Schönfeld, Dresden.